岁月如歌

段修桂◎著

吉林人民出版社

图书在版编目（CIP）数据

岁月如歌 / 段修桂著. -- 长春：吉林人民出版社，
2022.6（2024.1重印）
ISBN 978-7-206-19195-4

Ⅰ.①岁… Ⅱ.①段… Ⅲ.①随笔—作品集—中国—
当代 Ⅳ.①I267.1

中国版本图书馆CIP数据核字（2022）第139777号

岁月如歌
SUIYUE RU GE

著　　者：段修桂
责任编辑：刘　涵
封面设计：清　风　　　　　　　　封面题字：李　明
出版发行：吉林人民出版社（长春市人民大街7548号　邮政编码：130022）
咨询电话：0431-85378007
印　　刷：北京一鑫印务有限责任公司
开　　本：787mm×1092mm　　　　1/16
印　　张：11.5　　　　　　　　　字　　数：160千字
标准书号：ISBN 978-7-206-19195-4
版　　次：2022年6月第1版　　　　印　　次：2024年1月第2次印刷
定　　价：38.00元

如发现印装质量问题，影响阅读，请与出版社联系调换。

序一

"风格即人格"
——《岁月如歌》引言

　　恩格斯在谈及文艺作品的风格与作家之间的关系时引用了一个警句："风格即人格。"何谓"风格即人格"？即作品中各种元素展现出作者特有的个性特色，而这种个性特色则是一个作家成熟的标志，具有相对稳定性，是作家人格修养的综合体现。翻阅《岁月如歌》书稿，眼前浮现着作者的音容笑貌，不禁又想起了这一古老而又现实的话题。

　　其一，题材宽泛与大度包容。《岁月如歌》所"歌"出的是一篇篇纪实性的散文。数看目录，大至家国纪事，小到一句方言。儿时游戏、求学回顾、杏坛忆旧、地方风物、乡土习俗、台前幕后、文评书序、衣食住行、访师怀亲等，都是着笔的对象。这种题材宽泛的选题方式，让人想起大度能容的君子之风，表现了作者的宽厚责任心。解困救急、接受委托、兑现承诺等，在许多人的心目中，其瘦弱之身下的自行车几乎全为别人转动。身处时尚之中，却是对历史文化和优秀传统的关注与践行，故而目录中多是有关旧事、旧物、旧节，老话、老词，甚至老人等，即使有几个题目透不出"旧""老"的信息，一读全文，也间或发现不乏岁月的"闪回"或追溯。

其二，放言翔实与潇洒坦荡。其实，从文艺创作的角度讲，写什么并非十分重要，重要的是怎样写和要告诉读者什么。《岁月如歌》的可贵之处，就在于作者并没把上述一些"旧""老"题材发挥成为一般性的"怀旧"和"乡愁"之作，而是以小见大，几乎每篇均从不同角度演绎成了一个时代的缩影，真实地反映了那个时代的价值取向、生存状态和风物人情，读者从中领悟到的不仅是什么、什么样，而且还有为什么、历史渊源、社会价值和表现什么等，内容可谓翔实也。

翔实者，行文详细而真实。详细，得益于对所写对象的全面深刻的认知，厚积薄发，故而得心应手，左右逢源。读者从那些绘声绘色的描绘、雅俗兼得的叙述、颇似内行的解说和画龙点睛的评点中，就会感受到《岁月如歌》的这种特点，洋洋洒洒、出言无忌的行文使人想到作者略带疏放的潇洒。人之所以能潇洒，就在于心底坦荡，没有阴影，胸中装着一个真实而自信的自我，故为人落落大方，坦率自如，为文敢实话实说，真实表达。如果说，材料详细是作品的血肉，真实则是其灵魂。能否真实，是对作者灵魂的检验。作者处理那些"旧""老"题材，对事对物论是不掩非，对人对己扬善不护短，特别是对"我"的内心感受和表现达到自嘲自嘲、不避拙陋的地步，坦诚地可亲可爱。凡此，正是现实中的作者潇洒坦荡的为人风格在作品中的体现。

特别要指出的是，在"我"从出生成长到参加工作的历程中，"我"的见闻与感受，是热闹、浓情、有趣和诗意的，尽管岁月峥嵘，生活艰辛，然如俄国诗人普希金在《假如生活欺骗了你》中所言："过去了的就会变成亲切的怀恋"。何以如此？此无他，来源于对"存在决定意识"的坚信。文艺作品中的真实，是生活真实和艺术真实的统一。某些批判和疑虑，不过是隔岸观火者的"价值评判"，缺乏"存在"于"彼岸"当事者的真实感受罢了。

其三，亦庄亦谐与恭谨灵慧。文学是语言的艺术。由于作者从小就在乡下泥土中摸爬滚打，不仅了解乡民的生产生活和风俗人情，也熟悉当地的泥土语言，同时忙里偷闲阅读了大量古典文学，加之成年之后受过正规的中文系统教育，且留意时尚文化，故而在规范的文学语言中，常引用和"镶嵌"民间语言、文言语汇和时尚用语，因而形成了丰富多彩的语言特色。当然，看菜吃饭，量体裁衣。根据所写对象不同，也有少见或不加引用或"镶嵌"的。诸如几篇序言、文艺随笔等，特别是讲述外公和恩师的文章，不论是述评还是引证，规矩严谨，恭敬庄重之情溢于言表，而这，与作者日常对待亲友长者恭谨庄重的态度是一致的。而有些篇幅，就多见引用或"镶嵌"，其内容，除当地生产、生活的常用术语和特有名称，以及无涉政治的俗语民谚外，给读者印象深刻的则是逗人发笑的逸闻趣事、文言典故和"黑色幽默"，还有"镶嵌"那些取代往昔同一事物和行为的时尚用语，乃至网络用语，这就呈现出了亦庄亦谐的语言风格。这一情形，实际上与作者之于写作对象亦是"隔岸观火"有关，不同的是站在多年后的今之"岸"上，观看当年"我"在其中时过境迁的"火"，抚今追昔，不免也会做"价值评判"。如何"评判"？既不能写成历史，更不能写成论文或大段"今夕对比"，否则，就不是文学或落入窠臼了。而作者，除在夹叙夹议中有两句"不像现在……而是……"之类语句外，就是"镶嵌"古为今用的流行词汇，或偶见一两个幽默的"段子"和近于诙谐调侃的描绘，这不仅增强了文章的可读性，有的则可让人在捧腹大笑或联想中悟出是非正误的"判断"，既有对当年的揶揄，也有对现实的观照。这是最节约笔墨而又有力度的表达，表现了作者聪敏的应变力。

如果说庄重的外在表现是恭谨，幽默诙谐则能看出一个人的灵慧。感受这种亦庄亦谐的语言风格，仿佛看到了作者恭谨和灵慧的身影，又不禁想起国人的一句话："文如其人。"在这里，这个"人"当然即《岁月如歌》中的"我"，他既是文稿中所有话题的讲述人和作者，又是所见、所想、所行的参与者和当事人。这个曾拉风箱烀猪食的孩子，好奇、聪明和俏皮；步入青年后逢上机遇，勤奋好学，热情上进；走上社会，爱岗敬业，包容助人、潇洒坦荡、机灵慧变等。这些品行，既是艺术化的体现，也是他现实生活的写照。他的经历和见闻，既有知识性，又有趣味性，更有深刻的社会意义。他在创作中并无刻意的审美追求，却体现了他的人格修养。即使作品有些许粗疏，庶几与他洒脱中"大行不顾细谨"有关乎？

最后要说的是，接作者书稿，约余写序。余反复翻阅，朝思暮想，夜不能寐，三易其稿。初稿《亦庄亦谐唱新声》，二稿建议书名为《岁月随想》，遂以《"随想"的随想》文之。唯念作者人格人品，终生难放，三稿遂以《风格即人格》为正题，并尊重出版社编辑部的意见，恢复原书名《岁月如歌》，辍前两稿，以此稿为该书"引言"，与作者并广大读者共勉之。

（朱绪龙　2021年11月初于"海上明月"）

序二

拜读《岁月如歌》感言

"邹滕峄，水向西"，这句民谚是说鲁南一带由于泰沂山脉阻隔，而形成局部地区河水倒流的现象。一方水土养一方人，就在这片古老而厚重的土地上，生息着祖祖辈辈的鲁南人，从七千年前薛河岸边北辛村一路走来，开枝散叶，住满鲁南大地。他们生于斯，长于斯，瓜瓞绵延，世代不绝，留下了许多家谱祠堂、墓碑牌坊。近年来，我有意识地挖掘、记录这些前人生存留下的痕迹，所记多是古滕地区现存有形的、物质形态的历史文化。然而却是见物不见人，只记下前人留下的遗物，涉及非遗及人物少。对于那些如今天的我们一样，曾活生生在这片土地上创造生命、生存劳作、生离死别、生老病死、生息存亡的亲人、先人、前人们，他们那一代人是如何成长生活的？经历了哪些人生故事？有着怎样的喜怒哀乐？段老师所著的这部《岁月如歌》，完美地做了记录和回答！

我是段老师的学生，当年得其教诲，如今拜读老师大作，如同又一次聆听老师的娓娓讲述——我曾寻访滨湖东古村明代古桥和观音堂，拜读段老师书中《外祖父与东古"恒德堂"》一文，使我们详细了解段老师已故外祖父、家住东古村的张荣治先生，以及张先生岳父兼师傅、滨湖名医秦存心老先生，于20世纪中叶以前，在古村大街上悬壶济世、坐堂行医的情况和场景。段老师用生动的文笔所描绘出的那些细节：回汉杂居的古村街景、新中国成立初期的风土人情、防治天花的"花花礼"民俗……活灵活现，如在眼前。读至此处，我仿佛也跟随秦存心、张荣治两位先生漫步古村石桥，站在观音堂前，一同识读着钟楼上的明朝石刻：山峙川流，最称灵粹；鬼神孕粹，钟灵为山川人民之主……

我曾多次前往界河镇寻访、拍摄古驿道以及津浦铁路遗迹，读《喝粥》《看火车》等文，我仿佛也置身在铁路东侧的界河大集上，被熙来攘往的赶集人流拥来挤去，鼻中所闻是集市早点铺里粥泡馓子、辣汤油条、水晶煎包的奇香；眼中所见是商贩讲价、买卖红火、物资交流的热闹，以及穿着喝茶的衣裳前来逛街、解馋的"非农业"；耳中所听是"站起来跑得更快"的拉响汽笛、喷烟吐气、呼啸而过的燃煤火车……这些景象，不但常留在作者幼年的记忆里，也表现在意大利著名导演安东尼奥尼于20世纪70年代初来华拍摄的纪录电影《中国》画面中，段老师的文字唤起了我们对那个年代的回忆与怀旧……

读《我的初中时代——这也是一代人的初中时代》《大龄插班记》等文，作者写自己的求学、成长历程，以亲身经历、一己所见，折射出那个年代一个农家子弟奋力向上攀登、通过考学转变命运的社会现实。其实，作者何曾是写他自己？而是写出了那一代人整体的挣扎与奋斗，自强与进取……我与段老师的弟弟是同班同学，知道在段老师的带动、示范和资助下，他家兄妹五人全部通过考学走出农村，改变了整个家庭的命运。犹记得我高中时写过一篇感触罗中立的著名油画《父亲》的作文，或许写得有些动情，引起段老师等几位语文老师对我家庭状况的关切和问询。其实，那位历遭磨难、饱经沧桑的"父亲"形象，不就是我们民族自盘古、伏羲、大禹以来劈山开路、筚路蓝缕、福泽后人的代表和象征吗？

由此，我曾登上滨湖古村北面的凫山，俯瞰滕西原野，实地体味"保有凫峄，遂荒徐宅"的《诗经》名句，在这片流传着许多伏羲、女娲传说的古老土地上，"人祖庙"分布极其密集，鲁南大地更是孕育出许多古圣先贤，他们的后代、后辈和后人，至今仍生存、生息、生活在这片肥沃的土地上，他们就是段老师《岁月如歌》书中所描写、记录和讲述的人们……

祝愿段老师以及他书中写到的人们，生命永远常青！

（李庆　2022年2月）

目　　录

剃　头

　　剃头匠是我国民间的古老职业，大多数剃头匠端正恭谨，技艺精湛，且有专门师傅传道授业。现如今虽然遍地都是美发厅、造型店，但这门手艺并没有失传，依然有不少剃头师傅恪守本业，走街串巷，为习惯留光头的老年顾客尤其是回头顾客服务。

　　几十年前，剃头匠担着"剃头挑子"赶集下乡，一头是理发座位，插个理发标志旗子，挂着磨刀布；一头是文火炉子，供理发烧热水用。所以有句歇后语"剃头挑子——一头热"，形容对一件事，双方的力道及态度冷热对照鲜明。现在多指男女双方对婚姻恋爱的态度，一方热得够呛，单相思，另一方冷得出奇，不搭理。更早的年代，剃头挑子的扁担一头要留一尺，据说如果路上遇到出家人，剃头匠要给出家人挑包袱。剃头匠在集市上剃头理发的时候，半盆热水要给好几个人洗头，洗到最后，水黑乎乎的，几乎可以染发焗油了，卫生标准不敢恭维。

　　以前的剃头"程序"，有"扭红鼻"，尤其是剃光头，剃头匠一般都给"扭红鼻"：用拇指和食指捏住剃头者的鼻梁，轻轻一揪，即扭出一个如朱砂点染的"红鼻"，类似于《木兰辞》里的"对镜贴花黄"，只是"花黄"贴在美女的眉宇之间，位置稍高于"红鼻"。"红鼻"是新剃头的标志，少则一天，多则几天才会消失。当然，还有"贺新头"的陋习，这就是小孩子的恶作剧游戏了，看谁新剃了光头，顽皮者冷不丁在光头上用巴掌"呱"一下，听响。一个新头一天下来，会留有不少手印子。

剃头以后，手艺好的剃头匠，还要给顾客捶肩砸背，等同于现在的按摩：剃头匠在顾客肩背一番敲砸，最后在一个清脆响亮的巴掌声中结束剃头程序（巴掌距顾客光头上方十厘米左右拍响，并非直接拍头）。所以，有人给剃头匠送对联一副：刀刮满朝文武，拳打盖世英雄！

过去剃头，还有一个不成文的规矩，就是不找零。剃头匠的凳子，上面留一方孔，剃头完毕，剃头的起身后把钱随手塞进方孔里，叫"赏"！剃头匠是不会点钱的，赏多少是多少。如果有人想剃头了，要先换开零钱，剃头以后，赏钱给剃头匠，一般不会给少。如果有吝啬的顾客少给，会被人认为没有礼教并遭到耻笑：你的头就值这个钱？

剃头匠，在等级森严的封建社会，被视为"下艺"，从事此业者，多出身贫苦，容易被人看不起。但世世代代，正是这些名不见经传、默默无闻的剃头匠、理发师，怀着虔诚的态度，凭着精湛的手艺，在养家糊口的同时，为那些达官贵人和千千万万普通百姓做好服务。大千世界，百业有道，缺一不可，所谓"三百六十行，行行出状元"是也。

（本文登载于2019年4月《济宁晚报》，有改动）

喝　粥

　　粥，是滕州的特色早点。来滕州不喝粥，犹如去枣庄不喝道北羊汤，去济宁不吃甏肉干饭，去微山不吃湖鱼，去临沂不喝糁汤。喝粥，是滕州早点一道靓丽的风景线；喝粥，也是滕州一带的特殊语言符号，一说喝粥，滕州人就明白了是早点卖的白粥，而不是别的粥；别的粥，前面要加定语，如"皮蛋瘦肉粥""芹菜粥""八宝粥""小米粥""大米粥""南瓜粥""红豆粥""绿豆粥"等。而滕州的百姓，则把除"粥"以外的稀饭类饮食，固执地称为"糊涂"（非头脑不清之"糊涂"），喝稀饭，就是喝"糊涂"。喝粥，粥和油条是绝配，喝粥的地方，多卖油条，喝一碗热粥，吃一根炸得黄澄澄的油条，讲究的，再吃几个煎包或蒸包，这就是许多滕州人理想的早点，粥虽喝完，口留余香。

　　一方水土养一方人，每个地方都有令当地人殊可夸耀的特色餐饮。滕州的粥，作为滕州的名吃之一，历来为滕州人引以为豪，为外地人交口称道。粥是由小米和黄豆磨制而成，这两类杂粮都是山东的特产，营养丰富，可就地取材。关于粥的色香及口味，滕州地方文化爱好者石智平在《遇见滕州》里有专门的描述："火候到家的白粥并不是纯白的，而是带有一点淡淡的黄色。粥的味道是极其诱人的，醇厚细腻，夹杂着浓浓的豆香和米香。一碗喝完，再看手里的碗，就像刚洗过一般。不挂碗的白粥，在内行人看来那才是上乘的。"其实，刚盛上碗的粥，是挂碗的，但心急喝不得热粥，非得冷一下才可以喝，质量好的粥，喝完不会挂碗；喝粥的时候，不能用汤匙撩着喝，那样容易"水汤"（滕州方言，汤水分离的意思）。多年前，我经常在一个饭店喝粥吃早点，有一对情侣，也常在那里喝粥，两人共用一个快餐缸子，站在餐桌旁各拿着长汤匙你一下我一下撩着喝，偶尔易匙而喂，他们的粥喝到最后，水汤是无疑的了。喝粥，要端起碗来喝，喝的时候，发出"抽抽"的声音，偶尔吧唧一下嘴，虽不大符合喝汤不能出声的繁文缛节，但喝得爽快，喝得过瘾，不做作。

人们喜欢喝粥，城乡皆然，但对于做粥熬粥的工序知之者甚少，这门手艺，盖多为祖传，各家有各家的高招，这是商家的"知识产权"，关键的工序应该秘不示人。由于粥大多早上卖，早上喝，做粥的店家肯定是非常辛苦的，起早精心熬制，不知道要经过多少个时辰，才可以将散发出浓浓香味的粥送到顾客嘴边。好喝的粥，干净卫生，口味纯正，体现了店家的一种修行，一种工匠精神，食客认可，口口相传，才可以形成口碑，成为品牌，人们纷至沓来。好多店家讲究和气生财，注重经营之道，如果有人拿保温桶和暖水瓶打粥，往往会多给一碗，这好像是约定俗成的规则，也引来了更多的回头顾客。

农村集市喝粥，店家盛粥的碗，多用窑黑粗瓷碗，如果用白瓷碗，碗里则专门烧制出一个特殊标记，在物资匮乏的年代，有个别自私贪利者，喜欢时常往家"顺"点东西，唯独不拿喝粥的碗，因为有标记，拿了，那标记就是耻辱的象征。住在农村集镇上的人，喝粥还是子女孝敬父母的标准之一。过去冬天天冷，家里生不起火炉子，买不起空调，做子女的有孝心，每天早上去"粥缸"那里端两碗粥，外加两把馓子或两根油条，送到父母面前，老人喝着粥，吃着馓子、油条，会热在身上，暖在心里。

由于原料、人工、房租价格不断上涨等因素，粥也从四五十年前五分钱、一毛钱一碗，渐渐涨到现在的八毛钱、一块钱一碗，贵是贵了点，但也得看到，人们的收入也提高了，提高了几十倍甚至更多，而粥的价格总体还是在百姓可接受的范围内。近年来，随着饮食的多元化，各种早点快餐如雨后春笋落户滕州，其中还有不少的"洋快餐"，满足了不同人群的消费需求。即使这样，许多人依然没有改变早餐喝粥的习惯，甚至有的人每天喝粥，乐此不疲，口味使然也。更有一些高中档酒店，陆续把粥文化引入其中，正餐开始之前，每人一碗开胃粥，大受欢迎。

在滕州人看来，粥既是一种早点，更是一种传统，一种乡愁。滕州人出门在外，或远在异国他乡，吃着当地人引以为豪的早点餐饮，家乡的口味却时常萦绕在脑海，挥之不去；当喝着香喷喷的白粥，咀嚼品味着各色各样的小吃的时候，就意味着回到了老家，来到了父母、亲人身边，心里就踏实了。

（本文登载于2019年4月《滕州日报》，有改动）

相　　媒

　　"桃之夭夭，灼灼其华，之子于归，宜其室家。"（《诗经·国风》），该诗用比兴的手法，再现了几千年前西周时期一位美丽的姑娘出嫁的场景，并祝福她一定能做一位贤妻良母，旺夫兴家。唐代诗人杜甫亦有诗作描写人生四大喜事："久旱逢甘霖，他乡遇故知，洞房花烛夜，金榜题名时。"杜诗把新婚宴尔列为第三大喜。所以说，婚姻是人生大事，男大当婚，女大当嫁，自古已然。

　　当今社会的婚姻形态是自由恋爱，男女双方自愿结合，婚姻的基础是感情和信任，取决于婚恋双方彼此的了解和坚守，还要有一定的物质条件做保障。而过去的传统婚姻模式，则是父母之命，媒妁之言，基本由父母包办，男女双方很难有婚姻自主的权利。20世纪60年代末70年代初，男孩到了十三四岁，甚至更小的年龄，还有父母忙着给处在学龄期的儿子张罗着定亲说媳妇，农村把这称为"娃娃媒"。儿子一过了二十来岁，闺女一到了十八九岁，如果还没有说妥，做家长的就会非常着急。那个年代也有择偶的标准：一军人，二干部，三工人，实在不行嫁农民。对爱人（男）的要求是：看前面像演员，看后面像运动员，一月拿个几十元！典型的高富帅要求，一般人很难企及。再说，军人、干部和工人数量极少，绝大部分人还是得找农民对象。自由恋爱的有，但极为少见，因为两千多年前孟子说过："不待父母之命，媒妁之言，钻穴隙相窥，逾墙相从，则父母国人皆贱之。"（《孟子·滕文公》）。尽管有"梁祝""天仙配"的美好传说，若真有自由恋爱的青年男女，也往往像故事里的主人公一样，被棒打鸳鸯，以悲剧结尾，婚姻还是得依靠媒人（媒婆）介绍说和。

古人把媒婆划入"三姑六婆"之列，古装戏里的媒婆形象，多是丑行，穿着大花袄，叼杆长烟袋，嘴角点个铜钱痣，摇唇鼓舌，能说会道，这是对媒人的误解偏见。"娶妻如何，匪媒不得"（《诗经·国风》），"天上无云不下雨，地上无媒不成婚"（评剧《花为媒》），中国几千年的传统婚俗，媒人是不可或缺的重要角色。做媒人，首先要有一副热心肠；其次，还得有一个好口碑，不然，别人信不过，贪财图利者毕竟是极少数。媒人介绍婚姻，得权衡双方家庭和男女长相是否般配，条件差不太多，才可以穿梭走动，牵线搭桥，说媒提亲。

经媒人协调说和，一旦双方达成了初步的婚姻意向，下一步就进入"相媒"的程序了。相媒，大都是女方家代表到男方家"相看"，主要侧重于相家庭。那个年代，社会生产力低下，特别是乡村居住条件还非常简陋，与今天相比不可同日而语，经济宽裕的，才可以"提门镶窗"（鲁南方言。农村过去盖屋，都是泥墙，有家庭富裕者会把门框、窗框周边用青砖包起来）。盖几间"砖包皮"瓦屋，一般家庭多是几垄瓦的泥墙草房。相媒的来了，给人家留个好印象，婚姻才有成功的希望。这对于男方来说至关紧要。因此，对家庭里外也要突击捯饬一番，以期把最光鲜的一面展示出来。而那时农村人对财富的评价标准，除房屋能讲得过去，要看家里的口粮多不多，手中有粮，心中不慌。而所谓的口粮，主要是地瓜干，因为小麦的种植面积小，且产量低，农业社大面积种植的是地瓜，到秋后，衡量全年收成好孬，主要看家里的地瓜干垛大不大。室内布置也是个重要内容，要有一些高档洋气的用品，比如闹钟、暖水瓶、茶壶、细瓷茶具之类，这些今天看起来稀松平常的东西，那个时候要凑齐还是很困难的，家里没有，要去别人家借，如果谁家有一对彩色金属壳暖水瓶，可能要出借很多家，给被相媒人家增光添彩；还有的全家人都不会骑自行车，也要借辆自行车放在家里"撑撑门面"。有的女方家长相媒，还要注意观察这家养没养猪羊，柴垛大不大，院子干净不干净，如果猪羊很肥，柴垛很大，院子干净，证明这家主人勤劳会过，且干净连利，闺女嫁过来，不会挨饿受穷。家庭条件过关了，还要相男孩的颜值，一般来说，长得帅气点的，家庭差点也没关系，反之，得有一定的物质条件平衡了。

此外，讲究的，还得了解了解男方的为人处世及家人的健康状况，挑剔点的，则一直查到男方的八代。如果相媒一切顺利，则婚姻成功了一大半，下一步就是婚姻的主角见面了。由于订婚的时候，大部分男女双方年龄偏小，见面也就是浮光掠影，一般采取"偶遇"的方式，在集市或者是亲戚家里约见，处于青春朦胧期的少男少女，还比较羞涩，或者简单说几句话，或者蜻蜓点水，一面而过。如果没有什么意见，就可以进入聘礼下启阶段，举行定亲仪式。彩礼的最高标准，20世纪70年代流行"三转一响"，即自行车、缝纫机、手表、收音机；20世纪80年代初稍微有了变化，成了"三转一响带咔嚓"，即自行车、缝纫机、手表、收音机或录音机，外带照相机（"咔嚓"是照相机快门的声音，代指照相机）。这些那个年代高大上的装备，购买齐了大概需要五六百元人民币，这是个天文数字，城市家庭也难以承受，农村家庭更是望尘莫及。经济条件好的家庭，可以托人买一辆大金鹿自行车，一般家庭能给女孩买几身灯芯绒和平绒布料压包袱，已经很好了。订婚后的男孩女孩在漫长的等待中，在幸福的憧憬中渐渐长大，就要弦歌丝竹，钟鼓乐之，步入婚姻殿堂，成家立业了。

有的家庭给儿子说媳妇，相媒的来了一茬又一茬，但因为穷，经不住打听，找媳妇成了老大难，就要面临打光棍的危险，很伤脑筋。没有办法，只能投亲靠友去外地打零工赚取微薄收入，大部分去了东北，设想着那里遍地黄金，将来挣了钱回家说媳妇。老家邻村的一户人家，儿子去东北才一年多，就寄回来一百元钱，后来每隔几个月，就寄一百元。不要小看这一百元，在当年一个劳动工日只值几毛钱的时候，可是巨款！而老人也不避讳"有财不外露"的古训，邮递员把儿子的汇款单一送来，就高调去公社邮局取钱。俗话说，"家有平银，邻居是戥秤"，在外人眼里，这家老辈就穷，现在骤然大阔，不得不刮目相看，认为先前看走了眼。这样，一传十，十传百，都知道这家养了一个能干的儿子，在东北发了大财，于是，说媒提亲的络绎不绝，根本不用现场相媒，也不要送彩礼了，等定下来一个合适的，儿子直接从东北回来完婚。后来才知道，这是老人和儿子精心策划的一个"公关活动"：儿子到了东北，出苦力，住茅屋，在林场扛大木，每个月除填饱肚子，勉强有点结余，一年下来，只积攒了百来元钱，父子俩心照不宣，通过邮局把一百元来回倒腾，如此成功包装了家庭和个人形象，最后娶得美人归。还有的本来条件不错，而家长马大哈，自认为家庭经打听，对相媒不大上心，耽误了儿子的婚姻。

有一个家庭，老人读过几本古书，加之脾气倔，说话行事经常和别人唱反调。儿子相媒这天，父子却忙着"挑墙"（用泥巴加麦秸筑墙），别人劝老人拾掇一下家里，老人抬杠："有麝自来香，不用上风扬！"劝他给儿子换件干净衣裳，他还是抬杠："穿龙袍是唱戏的！"结果，相媒的来了，大失所望，一桩本来很合适的婚姻就这样黄了，而老人抬杠的名言经人传播，成为笑谈，以至于老人去世了，儿子三十大几才找到媳妇，差点打了光棍。至于陪相媒的被相中，相老大看中了老二，看似偶然实则必然的各种版本的八卦相媒故事，也在乡间流传，经久不衰。

由相媒衍生出来的逸闻趣事，有些属于无奈之举，有些属于黑色幽默，是那个时期经济社会发展和人们生活水平的真实写照。历史发展到今天，汹涌澎湃的市场经济大潮，冲击着人们的价值观和财富观，影响着年轻一代的人生观和婚恋观。高度发达的信息社会，使人们的生活半径增加，交友范围扩大，年轻人寻找婚姻爱情的途径也日益呈现出多元化。即使在偏远的乡村，利用方便的微信，也可以随时与千里之外的朋友亲人建立联系。给年轻人的婚恋带来的变化就是，婚姻在参考父母意见的前提下，可以完全自主，媒人的作用日渐式微，而相媒的内涵则较几十年前有了很大的不同，但无论如何，那种以口粮论婚姻的时代肯定一去不复返了。

（本文分别登载于2019年5《滕州日报》，2019年6月《济宁文学》，有改动）

看　火　车

　　"大皮鞋，咔咔地叫，上火车，不要票。"这个儿歌，有鲜明的时代印记，它体现了20世纪六七十年代的农村人，特别是少年儿童对更好生活的憧憬和羡慕。童年的我，对大皮鞋没兴趣，因为当年鲜有人穿，但对于火车，总抱有一种神秘感。没通公共汽车的时候，老家人偶有到滕县、徐州和兖州、济宁乃至更远的地方，一般要步行去10公里外的界河坐火车。界河车站是津浦铁路（1968年南京长江大桥通车后改称京沪铁路）上一个大点的站，曾经红火过几十年，后因火车不断提速，客运业务取消，车站逐渐衰落废弃。当年，每逢刮风的时候，除了会听到滕邹县界的马山头每天中午12点准时传来的开山炮声，还会听到界河那边隐隐约约的火车轰鸣声和汽笛声，就很羡慕那些住在铁路附近未曾相识的小伙伴，想象着他们经常可以看火车是多么幸福，从没想到火车看久了也会产生审美疲劳，更没想到他们所饱受的噪声干扰。直到上小学之前，火车之于我，一直是闻其声未见其形，这个神秘的家伙，也在我心中愈加神秘了。

　　小学一二年级的时候，最先从《铁道游击队》连环画里，看到了画家们简笔勾勒的火车的样子：一个冒着黑烟的铁家伙，拉着长长的一溜车厢，前面还有插着日本旗的"鬼子"的铁甲车开道，一路打着机枪。受连环画的影响，我无师自通，照葫芦画瓢，画起了火车。叶公好龙，是"钩以写龙，凿以写龙，屋室雕文以写龙"，而我则是课本的封皮、作业的背面，都涂上了火车，为此，没少被当老师的五叔（堂叔）用教竿打屁股。大爷家新盖了三间瓦屋，青砖包山，提门镶窗，白灰抹墙。冬天的一个上午，我衣兜里揣着木炭，溜到大爷家，白白的墙壁，给了我施展才华的平台，不到两小时，屋外西山墙面目全非，歪歪扭扭画了好几座高山，好几列火车，还有延伸到远方的铁路，外带几个被八路军游击队打跑的"鬼子"！在屋里做针线活的大娘竟然没有发现我在做什么，几次关心地问我冷不冷、饿不饿。多少年后，直到我考上了大学，大爷家瓦屋的外墙上，还模糊留有我当年"大作"的痕迹。

这年的冬天，临过年的时候，父亲赶界河集卖豆饼，打算带着我帮着看货。听说去界河，正好看火车！我兴奋得很晚才睡着。第二天凌晨，睡眼惺忪的我，晕晕乎乎坐在地排车上，父亲拉着我和豆饼，冒着凄紧的霜风，顺着北界河的南河堤，往界河集的方向赶路。一路颠簸中，数着天上一同行走的寒星，我慢慢睡着了，到冻醒的时候，天已经大亮，远远看见了界河车站灰白高耸的吸水楼子（老百姓对水塔的俚称，用于给火车加水），这个鹤立鸡群般的圆形建筑物，当年是界河远近驰名的地标，从兖州站至徐州站，中间仅有这么一个，下大雪季节，天地一笼统的时候，可以给赶火车和迷路的人们参照方向。看到吸水楼子，就意味着马上到了铁路和界河站了。往东过了铁路洞子，就到了界河集集头，父亲把地排车停在铁路洞子东边路旁，吩咐我看好东西，自己挟着一片豆饼，去大集粮食市场找买家去了。

铁路洞子往南不远处，就是界河车站，站内除吸水楼子外，车站南北入口两侧，分别高高竖立着四根水泥柱子，每根水泥柱子顶端，都有一"大刀片"悬在上面，那大概就是扬旗（信号旗）了，之前，听几个见过世面的小伙伴说，火车来没来，要看车站里的扬旗，扬旗挺在旗杆上，火车不会来，扬旗奄拉下来，就是火车马上到了。突然看到铁路一侧的扬旗落下来了，大概要来火车了！我的心情也禁不住激动起来，过了一会儿，南边远处传来火车汽笛声，轰鸣声由远及近，紧接着，黑乎乎的巨大的火车头以雷霆万钧之势开了过来，形状与连环画里的火车头差别太大了，其视觉冲击力和震动，比现在的高铁动车强烈多了，火车头冒着黑烟，从车头下边的轮子处嗤出一股浓浓的白色蒸汽，火车冲过车站的时候，像与我开玩笑，突然鸣响了汽笛！我却没有像那只贵州的小老虎，因大骇而远遁，硬着头皮一直看下去，呼啸而过的火车头下面，几个红色的大轮子在铁道上飞快地滚动着，大轮子之间，有"蚂蚱腿子"（传动轴的俗称）连接，被蒸汽机巨大的动力推动着，带动整列火车向前飞驰。这是一列货运列车，有几十节黑色的车厢，火车轮子和铁轨摩擦发出巨大的声响，震耳欲聋，一两分钟的时间，消失得无影无踪。大约又过了几十分钟，车站另一边的扬旗奄拉下来了，又从北边过来了一列火车，还是货车，每节车厢都被铁皮封得严严实实，也不知道拉的什么。

就在我盼望着再看一列火车的时候，父亲已经寻到豆饼的买家，很短的时间，豆饼就卖掉了，父亲买了过年的东西，带着我喝了碗羊肉汤，我三步一回头，恋恋不舍地离开了铁路，跟着父亲往家赶了。等再次看到火车，已经是一年多以后，再次跟父亲去赶界河集的时候了。

而能够坐上火车，则是上大学以后了。大中专学生的学生证，专门注明火车乘车区间，区间内坐火车半票。在济宁上学期间，为了过过瘾，我和一位在济宁医学院上学的同学，坐汽车到县城，然后从滕县火车站买半票坐60公里慢车到兖州，再在兖州坐长途公交车到济宁师专门口下车，舍近求远，绕了个大三角。那个时候，蒸汽机火车头已基本淘汰，绝大部分列车是内燃机车了。真正坐长途火车旅行，是1985年。买到的火车票，基本都无座，这一年春节刚过，我从滕县坐火车去西安，一直站到郑州才有座位，返程亦然，这是一趟青岛到西宁的列车，到了西安，站台上要上车的旅客人山人海，令人触目惊心，火车不敢开门，下车的旅客只能从车窗里爬出去，晚上到了亲戚家里，才发现我蓝毛料中山装后背，在火车上不知被谁蹭了一片黄黄的东西，那东西绝对不是泥巴，令人恶心。这次人在囧途，使我做了多年挤火车的噩梦。

进入20世纪90年代，国家社会经济发展日新月异，交通设施不断改善，出行可供选择的交通工具也日趋多元化。比如外出考察、学习，单位派出专车，省却了挤火车、赶汽车的劳顿之苦。还有坐飞机已经成了一种常态的出行方式，就我本人来说，也坐了20多回了；真正说走就走的潇洒旅行，则是伴随着2011年京沪高铁的开通，滕州迎来了高铁时代，贴地飞行的高铁动车一个小时的路程，而蒸汽机火车头要"吭哧、吭哧"爬行5个多小时，在滕州东站就可以坐高铁走向祖国的四面八方。童年时期看火车，青年时期挤火车、无座站一路的经历，已经尘封在过去的时空记忆里，恍如隔世；而蒸汽机火车头，现在只能从《铁道卫士》《特快列车》等老电影和博物馆里一睹它们的真容，火车头的轰鸣声和汽笛的吼叫声，也只能从电视里口技艺术家出神入化的口技表演中偶尔感受一下了。

（本文登载于2020年6月《滕州日报》，有改动）

打　瓦

　　打瓦，非调皮顽童上房揭瓦，这是过去农村男孩子常玩的一种冬季户外集体游戏。滕州（滕县）西北部和北部、东北部靠近凫山山脉一带的农村，当年多有此款儿童游戏，就地取材方便。该游戏用厚薄均匀的四方形小石板，玩游戏者在一定距离外投掷石头靶标，击倒者为胜。

　　打瓦游戏，一般在空旷平坦的场地上进行，玩者最少4人，多者7—10人。靶标为可立起来的三角形状厚薄均匀的石头片。以7人的打瓦游戏为例，靶标设置：设"法官"一，体积面积大点的三角形石头，正面立于居中；"搂官"二，小点的三角形石头，分别正面立于"法官"两侧；"扳肩"二，再小一点的三角形石头，分别正面立于两边"搂官"外侧；"捏鼻"一，最小的三角形石头，侧立于"法官"前面位置，但不能靠得太近。如果玩的人数多，则可以适当增加两个"扭耳朵"，大小与"捏鼻"差不多，分别侧立于"捏鼻"两侧。靶标数为游戏总人数减一。

　　玩游戏者每人一块四方薄石板，画定一条最近的投掷线，然后每个人根据自己的能力把石板往前面投掷，投掷石板的动作叫"张"，"张"最远者第一个打瓦，击打靶标，依次类推；也有不"张"的，叫作"看家"。如果有儿童一次打倒了两个靶标，则根据本人意愿保留其一，一般要那个最大的"官"（"法官"或者"揍官"），另一个立起来别人接着打。第一轮如果有没打倒的靶标，就轮到"看家"者侥幸捡漏了，拿自己的石头片随意敲倒一个，剩余的由没有打中者接着"张"，接着比赛，直至剩下那个一无所获的倒霉蛋。但"看家"有风险，如果前面的小伙伴们全部击倒靶标，最后的倒霉蛋一定是"看家"的那个了，等着挨罚。

常用的惩罚是"火鞭带雷"：随着"法官"一声令下，两个"扳肩"一边一个架住挨罚者的胳膊，"捏鼻"则捏住受罚者的鼻子，如果有"扭耳朵"，则一边一个扯住挨罚者的耳朵，两个"揍官"，一人念叨"火鞭带雷，唧里咔嚓审贼，回头摸个拔烟袋，照头一锤又一锤"！另一个随着声音有节奏地动手，一般是脊背上敲六下，头皮上敲三下，当然，敲的力度不太大，只是象征性地比画几下；遇到经打的健壮小子，小伙伴也偶尔下点狠手，但担心下一轮万一轮到自己受罚时遭报复，也不敢过于造次；"捏鼻"者如果是个调皮蛋，往往使劲捏住挨罚者的鼻子不松手，挨罚者憋得难受，一用力出气，往往带给"捏鼻"一手鼻涕，还有的把对方的鼻子捏得通红，直至哭鼻子。另有比较文的"惩罚"：如果挨罚者小一辈，"法官""揍官"往往要赚点对方的便宜，来个"老槐树掉干棒"：揍官一边念念有词"老槐树，掉干棒，爹打儿，不能犯犟"，一边轻轻地敲几下意思意思，"法官""揍官"成了"老子"，挨罚的成了"儿子"，赚便宜了，对"儿子"下手自然就轻些了。

一套程序进行完毕，接着进行下一轮打瓦。"张"的规则，按照"官职"大小，"法官"头里走，"揍官"在后头，更小的"官"接着"张"，挨罚的最后。如是游戏，规则公平，没有猫腻，立见输赢。大冬天，北风凛冽，滴水成冰，大街上场地里尘土飞扬，总少不了打瓦的孩子们大呼小叫，几轮下来，小伙伴们已玩得满头大汗，忘却了身边的寒冷。

打瓦，应该是一款古老的儿童游戏，清朝吴敬梓的长篇小说《儒林外史》第二回，写周进尚未中举发迹前，在山东兖州府汶上县薛家集教馆

（教私塾），教了几个不爱学习的蒙童，"那些孩子就像蠢牛一般，一时照顾不到，就溜到外边去打瓦踢球，每日淘气不了。"这里的打瓦，虽然没有具体的描述，其玩法与规则大概与滕州的打瓦大同小异，因为滕州、汶上相距不远。

打瓦的游戏，以今天的标准评价，有些不卫生，规则有些欠文雅，甚至有些危险因素，但是，那个年代，没有积木，没有平板电脑，没有游戏机，父母很少带着孩子出去游览祖国的大好河山，少年儿童的娱乐活动无非就是踢毽子、跳绳、捉迷藏、打琉璃蛋、打瓦之类的游戏。但这些游戏，大都是户外活动，使游戏者接触大自然，对于少年儿童的强体益智，锻炼动作协调能力，作用还是非常大的。而且，很少见到哪个儿童因为打瓦被砸得头破血流。现在，随着社会的发展变化，高科技的游戏日新月异，儿童的游戏玩具和游戏方式变得丰富多彩，而打瓦也渐行渐远，被人们遗忘多年了。

打瓦的游戏消失了，但打瓦作为方言词却流传下来。如果一个人的日子或事业本来顺风顺水，但突然遭遇不可抗力的困难、灾祸，导致家道中衰、产业败落，有人会说这个人混"打瓦"了。"打瓦"这个词用在这里，有些调侃甚至幸灾乐祸的感情色彩。

（本文分别登载于2021年6月善国文化公众号，2021年10月《滕州日报》，有改动）

香椿飘香

清明后至谷雨前，正是鲁南农村香椿芽上市的时节。

历经冰霜的香椿树，经过一冬的休眠，春分前后，枝丫渐渐泛出灰绿的颜色，枝头慢慢苞出紧凑的芽蕾；再过十来天，无论有无"倒春寒"，芽蕾执意地舒展开来，人们会看到，挺直的香椿树枝丫上，会撑出一蓬蓬活泼的小伞，那就是绽开的香椿幼芽。背风且向阳的香椿树，才刚清明，就长出大朵的香椿芽了。

香椿芽是农村人的一碟寻常小菜，也是一道令域外人士食之难忘的美味佳肴。每到这个季节，大路春菜还没上市，打春以后的白菜萝卜不好吃了，也不多了，香椿芽填补了百姓的餐桌。有香椿树的农家饭桌上，时常飘溢着香椿芽的特殊菜香。想吃香椿芽了，来到香椿树下，举起带有铁钩子的长竹竿，扭住刚长成朵的香椿芽，轻轻一转，香椿芽就被掰下来了；大的香椿树，要借助梯子或爬到树杈上才可以够着，举手之间，掰下来一大把。

食用的时候，把香椿芽洗净晾干，用滚开水浸烫一两分钟，捞出来放到冷水里一拔，保持其绿色，然后沥干切细，加上香葱、豆油和细盐，用新买的鲜豆腐凉拌，拌好的香椿豆腐，色香味俱全，使人胃口大开。另外，还有香椿芽炒鸡蛋，香椿芽勾芡鸡蛋汤等，吃法虽不一而足，但香椿芽强大的味道，却能使人们品尝到不同做法的香椿佳肴。

大诗人杜甫当年做客卫八处士宅第，主人给做了个韭菜炒鸡蛋，外加小米饭，估计很适合杜老先生胃口，酒足饭饱之后，吟出了"夜雨剪春韭，新炊间黄粱"的名句。如果当年他老人家春天来山东做客，吃了香椿芽拌豆腐的美味，大概要吟诵出"寒浆（古代豆腐的别称）拌椿嫩，清酒累十觞"了，也可能忘记主人家锅釜里还有"黄粱"，酒而忘食，不吃小米饭了。

物以稀为贵，我们这里很平常的香椿芽，在不适合栽植香椿树的地方，就成了稀有的菜品。香椿芽是时令菜，过了谷雨，头茬香椿芽如果不掰下来，会慢慢变老，直至出薹分杈，因此，过去的年代，有"头茬卖钱，二茬吃菜"的说法。滕州西部和南部大多为黄土地，地力肥，适合栽植香椿树，每年清明后谷雨前，集贸市场都有大量的香椿芽上市。几十年前，滕县供销社在界河东曹村设置了香椿芽收购点，且价格合理稳定，吸引了方圆几十里的老百姓前去验卖，香椿芽成为当地农家的一项重要经济收入。二茬香椿芽，不仅可以卖，而且可以腌制起来。夏收以后，用新麦磨的细面擀面条，吃面条的时候，把腌得发黑的香椿芽当小菜，可以多吃一碗。

人们生活水平的逐渐提高，促进了反季节塑料大棚蔬菜种植，其中也包括大棚香椿芽。经过菜农精心培植，香椿芽到春节前夕上市，虽然价格高得令人咋舌，仍不乏购买者。其实，反季节香椿芽，很早以前也有。济宁历史上就是鲁西南最大的商埠和水旱码头，1949年以前，有钱的大户人家多，南北客商多，口味要求高，城外有专门培植早季香椿芽的农户。头年春天，把香椿树幼苗按田畦栽种，冬天还要在地北边建挡风墙，过了春节，每株香椿幼树枝顶卡一个鸡蛋壳保温催芽，这样，清明之前十来天，香椿芽就可以上市了，按朵出售。老百姓依靠这个挣钱，养家糊口。但无论当年的鸡蛋壳，还是现在的塑料大棚，香椿芽的味道肯定不如按季节上市的香椿芽来得纯正。

对于从农村走出来、长期生活在城里的人们来说，尤其是我们这个年龄的群体，香椿芽同地瓜干煎饼、玉米面糊涂（稀饭）一样，是老家的重要口味之一，我每年这个时候回老家，近门的堂哥和兄弟，总要帮着把老家院子的香椿芽掰得干干净净，再加上他们家里的，然后打包给我一起带着，满载而归。吃着香椿芽，童年、少年时期掰香椿芽、卖香椿芽、吹香椿皮小哨，甚至挨香椿树的"蜇老毛子"蜇的记忆闸门就会自然而然地打开，一种不一样的乡愁就会涌上心头……

（本文登载于2021年4月《滕州日报》，有改动）

榆皮的味道

饺子，在北方尤其是鲁南、鲁西南地区的农村，四五十年前，俗称"扁食"。几十年前，农村生产力低下，经济发展缓慢，农民勉强温饱，日常包水饺、吃水饺成为一种奢望。春节吃饺子，吃肉馅饺子，天经地义；其他时间吃饺子，会被老人或者邻居认为不过日子，不务正业；严重者，儿子难找媳妇，闺女嫁不到好婆家。再说，做水饺的皮必须用麦子面，就是细面；别的面黏度小，饺子不经煮，皮容易破。但那个年代，细面只有过春节或者家里来客人才可以吃。那时的主食，就是地瓜干，每年的春天，农家入冬窖藏的绿萝卜，再不吃就糠了，没有别的菜下饭，变着花样吃萝卜：萝卜菜豆腐，清炖萝卜片，炒萝卜条，凉拌萝卜丝……

不知道哪朝哪代，也不知道哪位先贤，发现了榆树皮的黏性和食用价值，对于爱吃饺子又苦于没有细面的人们来说，其贡献和功绩卓著！榆树，北方常见的树种，树皮呈黑褐色，落叶乔木，生长速度比较快，树材高大，为造屋和制作家具的常用木料。榆树的榆钱（榆树春天的果实）和榆叶均可食用，而榆皮作为一种特殊食材，用于包水饺，的确是先人的一大发明。50年前，从我记事的时候起，就知道榆皮的这一功效。那时候，谁家砍榆树，就有东邻西舍的人们尤其是小孩子，拿着锤子和斧头远远候着，等到榆树轰然倒下，大家一拥而上，拿着锤子和斧头对着榆树不住地敲打，只听伐木丁丁，不闻鸟鸣嘤嘤，估摸着榆树皮和树身快分离的时候，扯住树皮的一头用力一拉，一条长长的榆树皮就被扒下来了。时间不长，风卷残云，树皮被扒得一干二净，榆树只剩下白生生的树身。而树主人也不会说什么，好像主家砍榆树，别人扒榆皮，是一条约定俗成的规矩。

榆树皮扒下来以后拿到家，不能直接食用，需要趁新鲜把老皮刮净，只留里面的白皮，然后，在太阳下曝晒，直到晒干；再把白树皮一节节折碎，放到石碾上反复碾压成粉末，然后过箩，箩出来的细面，就是黏性非常大的榆皮面了。用榆皮面若干，与地瓜面混合，和出来的面不仅有黏度，而且还很滑溜，不沾手。这样和出来的面，虽不具有麦子面的品质，却具有麦子面的黏度，做面条、做饺子皮就不愁了。榆皮饺子的馅，一般用萝卜，或者干菜；家庭条件好些的，春节过油（临近过年时，为春节宴席做准备。油炸"酥菜"，即过油）的时候，炼猪油留下的猪油渣子，这时候大显身手，与萝卜馅一混合，加足大料和酱油，香气氤氲，的确是不折不扣的美味佳肴。掺和了榆皮面的饺子皮，虽然有些粘牙，但味感有点甜，所以，吃起来还是感觉味道好极了。默默无闻的老榆树，一身是宝，在那个年代，以它特殊的奉献，帮着农村的百姓度过了春荒。

多少年后的今天，我们的生活水平发生了翻天覆地的变化，人们再也不会为一日三餐发愁了，饺子也自然成了一种寻常食品，当然，吃榆皮水饺也成了一种尘封的记忆。不知为什么，这些年，我时常想起童年时期吃过的榆皮水饺。看到农村老家谁家拆老屋扒下来的榆木屋梁，就想象着多少年前，这棵老榆树也许已经用它的树皮给人们做过了默默奉献。生活好了，人们吃得要求高了，吃得挑剔了，有时候到了令人瞠目结舌的地步。有一年，我去南方一个城市开会，吃早餐的时候，有一位胖胖的外地同桌吃鸡蛋，把两只蛋黄给剩下了。看到我吃惊的眼神，他解释说："不好意思，我胆固醇高……"两只黄澄澄的蛋黄，在我的目送下，被服务员端走倒入泔水桶。看着同桌心安理得的表情，我想，这位老兄也许没有吃过榆皮水饺，或者自年少即养尊处优，不知榆皮为何物。

经常回味榆皮的味道，才不至于忘本，才会知道珍惜，惜福……

（本文登载于2019年5月《济宁晚报》，有改动）

辞　　灶

　　鲁南、鲁西南地区，有辞灶的民俗。

　　一些地方视腊月二十三为小年，喝酒吃饺子，而鲁南、鲁西南一带叫辞灶，打发灶王爷（俗称灶灶老爷）上天，同时，要打扫室内卫生（也叫落屋），迎接新年。过去，无论贫穷或富有，老百姓过年都要买张灶王爷年画，贴在厨房墙壁上。据说，灶王爷是受玉皇大帝委任，监督所派驻家庭日常行为规范的，属于级别最低的地仙，年终返回上天述职，向玉皇大帝打小报告。几十年前的厨房，烧柴火和烟煤，经过一年的烟熏火燎，年画上的灶王爷大都灰头土脸，面目全非。如果谁长期不洗脸，面部不卫生，有人就会调侃这个人像灶王爷。

　　灶王爷本来奉玉皇大帝旨意，下派监视黎民百姓的，但老百姓担心灶王爷向玉皇大帝乱汇报，说出来对自己家不利的话而受惩罚，就发明了一种非常黏牙的麦芽糖，送灶的时候，用麦芽糖做供品，据说灶王爷吃了以后，把牙给黏住了，说话含混不清，玉皇大帝也就听不清他讲的是什么了，玉皇大帝掌管天庭和人间大事，日理万机，听得不耐烦，也许就会喊"下一个"！把这位灶王爷晾在一边了。

　　辞灶，对于老百姓来说是个比较庄严的仪式：腊月二十三上午，由一家之主（一般都是女主人）把熏得黑乎乎的灶王爷年画揭下来，还要用高粱秸的瓤做一匹马，好给他老人家代步，然后用火纸焚化，女主人还要虔诚地磕头祷告。祷告的时候，不许小孩子说妄言，如果多嘴，即遭到大人的呵斥。

辞灶还有不少的禁忌，比如，出嫁的姑娘，无论多大年纪，辞灶这天，是不能在娘家的，清规戒律，如是而已。当今时代发展变迁，独生子女婚姻家庭增多，再一味强调这样的旧习俗，是不合时宜的。

（本文登载于2018年2月《济宁晚报》，有改动）

鱼鹰、"溜子"、微山湖

元旦前的一天，我又一次去了微山湖。

这次去，是想看看湖里的鹰船逮鱼。

滕州微山湖红荷湿地景区的旅游码头有大型游船，但都是固定的航线，不易看到鹰船。于是，我和司机师傅在东临红荷湿地、西面微山县界的滨湖镇向阳提水站附近停车，在提水站南边引河的简易码头寻到了一条空载的柴油机帆船。我近前和船老大东一茬、西一搭地"套瓷"之间，得知他竟然是我一个表舅的邻居，听我们说明来意，船老大很是和善热情，答应我们搭船到湖里看一看，仅收行船的柴油钱。按照吩咐，我们穿好救生衣之后，船老大便发动机器，驾船向湖里驶去。

虽然季节上已是入九，微山湖水依然万顷碧蓝；正值中午时分，冬阳映照，波光粼粼，并没有感觉寒风刺骨。早年此时，连着几场寒潮后，气温直降，湖水会结了厚厚的冰，一湖如镜。由于冰冻封湖，集市上鲜鱼行情一路看涨。在过去陆路绕弯、湖面封冻，船行不通的年代，有急事或冬闲时节走亲访友的湖东百姓，胆大的会手里拿根扁担，从厚厚的冰面走捷径，冒险跑凌到湖西，万一不慎踏进凌眼（薄冰层）里，手里的扁担就成了救命的神器，帮助落水者支撑住冰窟，爬上冰面，逃出险境。

　　机帆船"突突突"行驶在湖面上，船后拉出长长的航迹，浪花扰动了许多鱼儿竞相跃出水面。残荷枯苇的浅水区，时而可见渔民用网箔布下的捕鱼迷魂阵。冬天是湿地景区的旅游淡季，游船不多，只有满载着煤炭、沙石和其他货物的轮船和驳船，顺货运航道繁忙地进出滕州港；鹭鸟、野鸭等各种水禽飞翔在湖面，不时地从我们的上方掠过，捕食跃出水面的小鱼。约莫40分钟，船驶到了独山岛南面的独山湖。微山湖又称南四湖，从北往南，由南阳湖、独山湖、昭阳湖和微山湖四大水面组成。独山湖面积不算大，但湖水较深，鱼类资源比较丰富，是微山湖的天然渔场之一。

　　每年的3月至6月，为微山湖的禁渔期，不在禁渔期的冬春两季，是微山湖渔民打鱼的黄金时段，这个时候，湖鱼多而肥，且游动减慢，便于捕捞。眼前的独山湖湖面，星星点点，散布着不少渔船，用网船捕鱼的渔民们正在忙着收网。忽然看到前边200多米处有围成一个不规则大圆圈的八九只小船，船老大告诉我们，那里就是鹰船了。渔民用鱼鹰逮鱼，南北方各大淡水湖均有，微山湖尤多。眼前的这些鹰船，船身窄且不长，俗称"溜子"，靠人力划行，船速较快。每只"溜子"上均搭有木架，叫鹰架。"溜子"不逮鱼的时候，鱼鹰们就站立在鹰架上休息待命，柴油船噪音大，为了不惊扰渔民捕鱼，船老大提前熄了火，依赖船的惯性，用竹篙调整船的方向，慢慢靠近了"溜子"船队。船老大告诉我，鹰船逮鱼，是采用围猎的方式，一般由多家"溜子"自行组合，这个组合后的团队就叫鹰帮，由经验丰富的"溜子"船主带队。鹰帮到了打鱼的湖面，领头的"溜子"预先划定一个范围，其他的"溜子"依次跟进，驱赶鱼群，最后围成一个大致的圆圈，把鱼群包围在里面，然后就可以放鹰逮鱼了。

　　看着眼前忙碌的鹰船，忽然想起了明代正德进士孙承恩的一首小诗："一叶波心棹小航，鸬鹚没水觅鱼忙。舟人拍手相惊笑，衔得鱼来尺许长。"孙诗里的鸬鹚，就是鱼鹰，也叫水老鸭，羽毛黑色，有绿色光泽，颔下有小喉囊，嘴长，上嘴尖端有钩。但此鹰非彼鹰，"草枯鹰眼疾"的鹰，那是翱翔蓝天的鹰隼，属于猛禽，可以在几百米高空发现隐藏在枯草中的野兔，然后飞快地俯冲，抓而擒之；而大异于鹰隼、经过驯养的鱼鹰，属于水禽，飞翔功能已经大大退化，且在旱地里行走时一摇一摆，姿势难看，然而一旦进到水里，它们会变得"身手敏捷"，"英雄"有了用武之处，成为水禽类里的捕鱼"高手"。

与人类酒足饭饱才可以上班、劳作不同，鱼鹰下湖逮鱼的头天，要饿一个晚上的肚子；下水之前，渔民还要用稻草或线绳把它们的脖子扎上，叫作扣箍，箍要松紧有度，既不危及鱼鹰的安全，又要防止鱼鹰把抓来的鱼一口吞下，这貌似不人道，其实，鱼鹰只有在饥饿的状态下，才可以凭着本能卖力地逮鱼，否则，抓鱼就失去了原动力。鹰船的渔民，不仅是驯鹰的高手，也是判断鱼群多少的行家，凭着多年的经验，他们会知道湖面哪个区域经常有鱼群出没，熟悉鱼群的洄游路径，准确度八九不离十。

眼前的鱼鹰逮鱼，场面可谓是热火朝天。伴随着渔民此起彼伏的吆喝声，每只"溜子"附近，各家的鱼鹰，按照它们各自的势力范围，一边"嘎嘎嘎"地呼应叫唤，一边在湖水里游来游去，寻觅鱼踪，时而来个鹞子翻身，扎入水中，用不了几秒钟，再浮出水面的时候，已经叼上来一条五六斤重的大鲤鱼！叼着大鱼的鱼鹰，扑腾着翅膀，径直游到主人的"溜子"跟前邀功请赏，"溜子"上的渔民手持一根长长的竹竿，上面绑着个网兜式笊篱，俗称鹰罩，连鱼带鹰一起罩上船来，然后拿下鲤鱼放到船舱里。主人似乎很满意鹰的表现，解开鹰脖上的扣箍，从船舱里拿了一条重约二两的小草鱼，作为对鱼鹰的奖赏，鱼鹰也毫不客气，伸出脖子，张开带钩的尖喙，把小鱼一口吞进了肚子，待主人刚把其脖子扎好，受到奖励的鱼鹰待就迫不及待一头扎进水里，接着逮鱼。

不远处传来鱼鹰嘈杂而兴奋的叫唤声，原来是五六只鱼鹰逮住了一条大鳜鱼，看样子足足有十斤以上！鳜鱼是微山湖里一种比较珍贵的鱼种，沿湖一带俗称季花，肉质细嫩，营养丰富，味道鲜美，需求旺盛时，每斤价格达40多元，且愈大愈值钱。被鱼鹰们死死钉住的大鳜鱼，试图摆脱纠缠，绝望地挣扎着，鱼鹰们则簇拥着大鳜鱼往主人的"溜子"游过去，原来这帮家伙不仅擅长"各自为战"，还非常讲究"团队配合"。主人看到是一条大鳜鱼，高兴坏了，吃力地把鳜鱼"舀"到了船舱里。

忽然看到近前一只鱼鹰，逮住了一条两斤多重的鲤鱼，还没等主人把鹰舀伸过去，只见鱼鹰脖子一挺，把鱼整个地吞了下去！原来鱼鹰脖子上的扣箍松开了，这一幕，看得我目瞪口呆，鱼鹰吞下的这条鱼，相当于人类一口吃掉相当于自己三分之一体重的一笼馒头，真是不可思议！主人一边无可奈何地嘟囔着，一边把鱼鹰舀上来，把鹰腿拴好，放到鹰架上。原来鱼鹰吃饱了，就没有逮鱼的欲望了，只好让它靠边站了。也有比较狡猾的鱼鹰偷懒，游到一边不干活，光"嘎嘎"地瞎叫唤，出工不出力，主人看到后，会把溜子划过去，一边挥舞着鹰舀，一边大声呵斥，鱼鹰看到生气的主人，才吓得开始卖力地逮鱼。

两个多小时不知不觉过去了，看着各家"溜子"里船舱的渔获，多的有将近300斤，少的也有200斤左右，今天的鹰帮，应该可以满载而归了，其他的打渔船也陆陆续续返航了。深冬天短，太阳已经平西，在船主的吆喝声中，鱼鹰们各自回归各家"溜子"上的鹰架歇息。回到家，它们还要享受主人的犒劳——饱餐一顿鲜鱼。鹰帮把船舱里的鱼分类装到方型塑料鱼筐里，活鱼还要用专门的容器盛着，注上水，打上氧气，保证成活。岸上早有收鱼的批发商贩等待着，第二天中午，这些鲜鱼就会成为周边城乡酒店和百姓餐桌上的美味佳肴了。我也在鹰船上买了我喜欢吃的黄颡苗子（白鱼的一种），渔民很大方，给我专门挑了尺寸差不多的活鱼，10斤只多不少，按照优惠价只收了10斤的钱。

告别了鹰帮，我们的机帆船也开始返程了，伴随着马达声，红荷湿地的帆船地标和向阳提水站的码头愈来愈近，微山湖也慢慢恢复了她固有的宁静。

迎着扑面而来的寒风，我站立在船头。回首湖中，残阳铺水；北望凫
山，诸峰含黛；湖光山色，相映生辉。

这风光不败、日出斗金的微山湖……

过去的年味

　　四季轮替，光阴荏苒，一入腊月，就预示着春节年关临近。四五十年前，或更远的年份，过了腊八，老百姓的日常生活，仿佛增添了一层仪式感。孩子们在奔跑玩耍中迎接年的到来。伴随着时间的推移，年愈来愈近，年味愈来愈浓。

　　生产队杀猪，应该是当年农村最重要的年味。那时候，农村是集体经济，行政村叫生产大队，由若干个生产小队组成，生产小队也叫生产队。平时，每个生产队都养几头猪，由喂牛的饲养员兼职喂养，过年的时候宰杀，分给社员过年。一到杀猪，意味着生产队年终决算的到来和一年农活的结束。耕牛是重要的生产力和集体资产，擅自宰杀要吃官司，所以没有人敢像现在这样随便宰牛。老百姓家家喂猪，但不会像东北人家那样杀猪过年，那里地宽，打粮多，我们这里社员养猪多卖给国家换钱，持家过日子。所以，生产队到年杀猪，是社员的一项重要福利。小学的时候偶然读到老初中语文课文《范进中举》，很羡慕范进的老丈人胡屠户，他那穷困潦倒的女婿进学（中了秀才）回家，胡屠户竟然可以提着一副猪大肠和一瓶酒去贺喜，想象着胡屠户一家生活水平相当高，天天可以喝酒吃肉。

　　看杀猪，是孩子们的一项重要娱乐活动，虽然场面有些血腥，但那个年代，村村喂猪，队队杀猪，司空见惯，并没有引起什么不适。杀猪是个技术活，也是个力气活。我们那个生产队，无擅长此技者，年底杀猪，都是请三队的近房五老爷操刀。五老爷是我们那一带的俎长（厨师），瘦瘦的，平时沉着脸，不苟言笑。一般腊月二十前后，是杀猪的日子。杀猪这天，生产队的场院里，架着一口大锅，烧褪猪的热水。院子里一大早聚集着不少人，当然最多的是孩子们。猪圈里的猪们，大概意识到末日来临，栖栖惶惶，偶尔叫唤几声。几个壮汉偷偷进到猪圈里，摸到猪的身后，猛地擒住猪的后腿，狠命地把猪摁倒，在猪的嘶声嚎叫中，七手八脚捆住猪腿，然后抬到用门板拼成的案子上。壮汉们忙碌的时候，五老爷并不搭手，只是蹲在一旁吸烟，等到猪被架上来，才慢吞吞踱到猪的跟前，操刀对着猪的脖颈用力捅进去，直至停止了挣扎。然后是吹猪、褪猪、开膛，最后把卸了猪头、扒净内脏的猪身子一分为二，挂在木架子上，开始分肉。猪头和猪内脏，洗净后加大料煮熟，每家一个代表在场院屋里喝酒聊天，剩余的也按人分给社员。五老爷杀猪，可以得到一些猪血和部分猪内脏作为劳务报酬，幸运的孩子则可以得到一个猪尿泡，用气管子打足气，像个不规则的足球，用木棒挑着玩；猪胆苦，不能吃，有懂行的拿回家，把胆汁晾干后，里面装上干石灰粉，据说可以治疗伤口。

社员们领到猪肉后，一般会切一大块下来，用白菜粉条炖一大锅给孩子们解馋，一时户户冒烟，家家炖肉，街上飘扬着猪肉的香气。剩余的猪肉，会高高悬挂在屋子里，留到除夕剁馅子、包饺子，过大年初一。再剩余的猪肉过了年待客，有会过的家庭，猪肉经腌制后，甚至留到次年夏天接着用。

过油，这算是百姓自己家的年味了。到了腊月二十五六，就要准备过油了，家庭主妇们会把萝卜窖里的萝卜扒出来，用井温水洗净，然后用擦盘子擦成萝卜丝炸丸子，有的还用大锅"炸"（过热水）一遍，说是去萝卜的气息味，真不知道会造成多少养分的流失。大年前过油，鱼是必不可少的，因为要讨个口彩年年有鱼（余），家庭条件再不济，也要赶集买几斤微山湖里的黄颡苗子炸酥鱼，遇着天寒冰封湖面，鱼贵，就少买；湖没冻，鱼多，就多买，有钱的，还要买两条鲤鱼。过油的时候，一般在堂屋里临时支个简易的烧柴禾的炉口，那时候的房子，多是泥地、泥墙、草屋，七漏烟八漏气，不必担心污染了房屋里的家具被褥，相反，还便于取暖。过油的豆油都是用大豆从油坊换来的，大豆少，换来的油斤称数量更少。过完油，酥货也不能随便吃，要装在大荆条篮子里，像挂肉那样，用绳子拉到小孩子够不着的地方，也是留着过年吃两天，剩下的待客。

放炮仗，这是孩子们的年味。鲁迅先生的短篇小说《祝福》开头有一段生动的描写：旧历的年底毕竟最像年底，村镇上不必说，就在天空中也显出将到新年的气象来。灰白色的沉重的晚云中间时时发出闪光，接着一声钝响，是送灶的爆竹；近处燃放得可就更强烈了，震耳的大音还没有息，空气里已经满是幽微的火药香。临年切近的农村，的确是鲁迅先生所描写的那样，炮仗的爆炸声和火药香，就是孩子们感受到的年味。对于他们来说，炮仗是春节前后那几天最重要、最值得炫耀的资产，谁拥有的炮仗多，谁就是孩子们眼里的富翁。

有一年，供销社开始卖"电光火鞭"，这种火鞭，火药是银灰色，火鞭炸响的时候像电焊那样闪闪发光，且火鞭里的火药可以用砸炮砸响，一时间，玩砸炮风靡一时，用地排车车脚子（车轮）的整根车条，两头往中间一折，车条一端的螺帽留槽，另一端车条头做芯，一个砸炮就做好了。往车条螺帽槽里放点银白色火药，上下扣好，用力往石头上一磕，"啪"的一声，爆炸声特别响亮。有了大炮仗，胆子小的孩子自己不敢放，得找人代放。我们那一片儿，孩子们不敢放的炮仗，一般都要送到家族的孩子王，比我们大几岁，我喊忙叔的家里，忙叔个子大，胆子也大，由他替我们代放，我们捂着耳朵听响。有好几年，一到临近过年，忙叔家各种炮仗声响个不停，热闹非凡，忙叔也根据谁"进贡"炮仗的多少论功行赏，提出口头表扬。现在，忙叔也成了60多岁的老头，大孙子去年也考上了大学。

（本文登载于2021年1月《滕州精神家园》，有改动）

福利记趣

过了腊八,意味着农历新年就要来临了,城乡百姓生活中多了一项重要内容——忙年。

过去的年代,有的单位,福利多多,过年回家,东西齐全,一家人可以过个"肥年"。花木向阳,楼台近水,酒厂可以发酒、发果脯;烟厂可以发香烟,尤其是翻盒烟,那个时候,能吸上翻盒烟是一种时髦;蔬菜公司则发放各类礼盒,酱菜物品一应俱全,甚至有豆腐乳、臭豆腐。有个真实的案例,当年有家公社食品站,生猪屠宰生意兴隆,卖肉剩余了不少猪头,给员工福利锦上添花,每人又分得一个猪头。为了便于区分,把员工的姓名都贴在了猪头上,因为个人姓名和"二师兄"发生了某种关联,一时传为笑谈。一般的单位,比如学校,给老师们弄点油盐酱醋、海蜇、海带之类,外加免费烤火煤和鞭炮。

20世纪80年代初,我毕业分配到学校工作。我所在的学校领导很体贴教师的辛苦,因为学校有校办工厂,过春节,除了发放过节的物资,学校还计划给老师们统一做呢子校服,旨在全面提升学校和教师形象。40多年前,穿呢子布料绝对是高消费,讲究的要坐100多公里火车到徐州淮海路专业服装店量身定做。学校发扬民主,先是交由老师们酝酿讨论,个子高的倾向于统一做校服，个子矮的则要求发布料，最后折中大多数人意见，统一按照两米七的最高标准，每人发了一块黑呢子布料。

滕州市一中则为每位老师做了一身蓝毛料校服。当年的新兴路上，如果遇到穿蓝毛料套装的先生迎面走来，大概率是一中的老师。听说一中有位教政治的大有名气的杨老师，南方人，个子小巧了点，按照杨老师的身高量体裁衣，人均肯定吃亏，学校不过意，只得把杨老师的上衣做得大了点，信息传到我们学校，大家开怀大笑，也感佩学校对杨老师的体贴关怀。耳听是虚，眼见为实，有一次开高中教研会的时候遇到了杨老师，亲眼看到他老人家穿的那件蓝毛料上衣真的有些肥大，后襟子有些"呼达"。

历史发展到今天，多元文化的影响，百姓生活水平的普遍提高，促进了消费观念的转变和消费方式的多元化，与几十年前相比，年味已不再那么浓厚，渐渐地变淡了许多。只是，无论过去、现在或可以预见的将来，过节的福利仍会被人们视作一种额外的待遇，给在职和离退休人员提供了安全感、归属感、满足感。

（本文登载于2022年1月《滕州精神家园》，有改动）

拜　年

　　"正月里来是新年儿呀啊，大年初一头一天呀啊，家家户户团圆会呀啊，少的给老的来拜年呀啊……"春节那天，听着这首欢快喜庆的东北二人转《小拜年》，迎送着一拨拨前来小区给父母拜年的叔婶、兄弟及晚辈，回复着学生、好友的拜年信息，翻看着微信里各种感人的和搞笑的拜年视频，我不禁想起几十年前甚至更早的年代春节拜年的一些值得回味的情景和故事。

　　春节，农历新年，是中华民族最隆重的传统节日。除夕，无论穷富，老百姓都要贴上鲜红的春联，备好过年的年货。过去的年代，农村的除夕之夜，家家门户大开，迎喜纳祥，人们串门可长驱直入，不必喊门砸门，除非谁家有老人谢世，不贴对联，除夕夜晚和初一早晨暂时关门闭户，以示忧伤和对亲人的怀念。

　　滕州有句俗语：不出正月都是年。过去的确是这样，浓浓的年味，可以一直延续到正月十五元宵节甚至正月底。大年初一这天，老百姓除了吃饺子，拜年是一项极为重要的礼仪活动。在我们老家，对于家族来说，磕头才等于拜年。给自家老人磕过头拜过年，吃过新年第一顿饺子，出门拜年便开始了。农村拜年的习俗，一般是由内而外，由近及远，先是本家户族，然后是外姓邻居。在本族给长辈拜年，必须磕头，长辈一般也不谦让。不跪富豪，不跪权贵，这种可以感受到的浓浓的拜年亲情，通过磕头得到完美体现，世代都是如此。接待拜年最多的，往往是家族的最长辈，就是族长家，族长辈分高，年纪不一定老，低于族长辈分的所有人，都会到族长家磕头拜年，而族长也只是简单地客套一下，坐在太师椅上，接受着年轻晚辈的"顶礼膜拜"。

媳妇们则喜欢带着孩子拜年，到长辈家里讨喜，孩子可以得到一些好吃的。还不到春节，当娘的或当奶奶的已经给小孩子缝制好了印花布的大兜兜，春节这天，小孩子戴着兜兜跟着拜年，这家给一把花生，那家给几枚红枣，阔气点的给几块糖块、饼干，不到中午即收获满满。年年如此，约定俗成。到外姓邻居家拜年，除非有老亲渊源或师徒关系，人家一般不让磕头，如果实在拗不过拜年者的盛情，主人家的晚辈必须陪着一起磕头，不然，会被拜年者耻笑为不懂局（不懂规矩）。邻居都是平等的，拜年不能挑三拣四，厚此薄彼，否则会被人讽刺为眼高鼻子注（看不起穷人）。拜年，还是邻里之间化解矛盾的良好契机。邻里之间相处，少不了磕磕碰碰，赵家的羊吃了李家的棒子苗，王家耩麦没留神耩过了陈家的石界等，少不了一顿争吵，矛盾尖锐者还可能拳脚相向。但事过以后，双方都消了气，见面总不能老是互相别着脸，有一方高姿态，另一方就会趁着春节去对方登门拜年，主人也心领神会，给予热情接待，然后再去回礼。一来一往之间，所有矛盾与纠结就烟消云散了。

过春节，也给庄稼人放了一个不长不短的年假，除拜年以外，还可以邀集三五好友，喝酒聊天，如果赶到饭时，好味（好友）拜年正巧来到，主人会热情留客，拜年者也不推辞，与主人把酒言欢，可以喝到伯伦不归。

过了大年初一，从初二开始，主要是走亲戚了，亲戚之间提着装有点心、红白糖的包袱互相走动拜年，而其中又以新客（新婚的女婿）拜年最为重要。接待新客拜年，是新嫁女儿的娘家，新年伊始最重要的接待活动。年前就得约请厨子老师张罗好酒菜，陪客的也得年前安排好，一般都是本族或本村有威望且能说会道的做主陪，本家近支的平辈或晚辈跟桌服务。新客拜年，除带足丰厚的礼品和给岳丈家晚辈的压岁钱，有的还带个背包袱的，也叫酒篓的喝酒壮汉，预备酒桌上不丢面子。因为是新客拜年，陪客的要慎之又慎，劝酒语言要得体，既让新客喝好，又不能喝多。而有的新客不胜酒力，可以让酒篓赤膊上阵，与陪客较量一番。陪客中如果出现了言差语错，可能会闹出不小的乱子。我们家族原来的族长，我喊老老爷，老人家乳讳大炳，年轻时力大无比，脾气暴躁。第一次新客拜年，岳家隆重接待，但找了几个不懂事的毛孩子陪客，喝酒结束，吃饭的时候，几个人挤眉弄眼，故意反复劝新客用饭："姐夫（姑夫），吃饼（炳）、吃饼（炳）……"如是者三，老老爷勃然大怒，一把掀翻了桌子，连包袱没拿，丢下新婚的老奶奶和背包袱的酒篓在风中凌乱，独自回家了！

现在，族长老老爷已经去世20多年了，按照家族族长兄终弟及的惯例，由其弟接任，没几年，族长的弟弟也去世了，他老人家的亲侄，也即弟弟的长子，成为新任族长，主持家族里的红白喜事。只是，脾气禀赋与老老爷迥异，成为家族办事公道、性格温和的忠厚长者，尽职尽责为家族服务，族长家也成了全族晚辈每年一度前往拜年的最热闹的地方。

（本文分别登载于2021年2月《走进滕州》，2021年3月《邹城实验中学报》，有改动）

乡村人情

　　我虽然生在农村，长在农村，少年时代却是出奇地贪玩而嘴馋，除去不想干活，就是老想着吃点好东西拉馋（解馋），当年，类似于我这样的同道中人大概不在少数。但那个时候，只有过年吃几顿饺子，平时吃炒鸡蛋都算奢侈。好在我们是个大家族，二三百人口，到我这一辈都没出五服，少不了红白喜事，特别遇到白事，比如，家族有高龄且子孙满堂的老老爷或老奶奶去世了，就要全族大盖锅，在家务农的，在外工作的，能拿动筷子的，都要戴香帽子喝豆腐汤吃大席，因为是喜丧，自然是吃字第一，哀伤倒是其次了。我们小孩子有时候上不了桌子，就围着磨盘，每人一碗全菜，有酥鱼滑丸子，馍馍等，真是过瘾！俗话说，一顿大席饱三天，我理解，倒不仅仅是因为大席油水多，这是赶上偶尔一顿，吃得太饱，以致胃功能受损，消化不良，食欲不振，故而饱三天。

　　而我另一个拉馋比较多的机会，则是每年跟着长辈和长兄们出乡到亲戚家"人情"（滕州方言，特指出殡那天，亲戚好友及外姓邻居到发丧人家赙礼吊唁）。老人过世，子女要在家族及邻居的协助下筹办丧事，力求以完美的形式，最后尽心，打发老人入土。我们家族人口多，姻亲就多，另有表亲一众，每年的白事来往真的不少。这个月大奶奶娘家母亲去世了，下个季度三奶奶娘家叔去世了，到年底可能就是五大娘的父亲去世，还有年长的老姑奶奶、姑奶奶去世，老少闺女的公公婆婆去世等。按照礼仪，丧主（死者的子女后代）确定发丧的日子以后，要向顶门的亲戚下帖，讣闻以告。到了发丧那天，顶帖和随帖的，人情要去不少人。我依稀记得，我老姑奶奶去世的时候，因为邻村一公里，全族男女老幼人情的队伍浩浩荡荡，从我们村头，一直接到邻村村口，去了20多桌，看着令人胆战心惊，这么多娘家人喝豆腐汤，在那个经济普遍不宽裕的年代，需要多少酒菜！

出乡人情的时候，往往由一个长辈或长兄带着，我们一路上说说笑笑，打打闹闹，人还没到村庄，就听到隐约的鼓乐声和震耳的铁炮声。民间的吹鼓手，个个都是艺术家，用唢呐吹奏出动听的音乐；丧屋里哭声此起彼伏，院子里则人声鼎沸，厨师和帮厨的干将在忙碌着备饭做菜，大锅里热气升腾，香味氤氲，滕西百姓那时候管厨师叫俎长（滕州人把"俎"转读为"居"，把厨师通称为"俎长老师儿"），技艺高超的俎长不苟言笑，权威很大，当俎长很受老百姓羡慕和尊重，但有的俎长并不胖，瘦子也不少。人情，对于小孩子来说，主要是吃，而对于大人来说，还有非常庄严肃穆的仪式，就是在灵棚里对逝者行跪拜礼，简称祭，滕州城区称为行大礼；出殡的时候，在街上行大礼，称为路祭、路奠。滕州地接邹鲁，深受孔孟之道影响，按照亲戚性质，最重的礼仪要数九叩礼，听说菏泽一带有一百零八拜，那样更烦琐；表亲及远房亲戚行五叩礼。行礼的时候，领祭的长辈在前面，一脸严肃，一招一式，中规中矩，像电影里的慢镜头，我们跟着学样，但铺着席子的地面，硌得膝盖生疼，遇到下雨下雪，还会跪一裤子泥水，心里想着的却是客棚里大席的美味佳肴，巴望着行礼早点结束。

殡送去世的老人，对于经济条件差些的丧主来说，真的要竭尽全力；有的父母在世的时候不孝顺，老人去世了，为了虚荣，大操大办。因此，各个家庭千差万别，发丧的时候，大席菜品的质量和数量也有差别。在那个副食品普遍匮乏的年代，俎长做菜，会根据丧主的经济状况和匡算的桌数灵活掌握，有些精细菜，比如滑丸子、大肉，盛到瓷碗里基本都是有数的，滑丸子一般是14个，大肉一般是7片，因为老式的大席坐桌子，每桌七人，这就衍生出不少吃大席的规矩。比如，滑丸子每次只舀一个，最多舀两次，大肉只能叨一片，不能多叨，否则，会被人耻笑为没教养，吃馍馍不能直接啃，要用手掰下来，一小块一小块吃，等等。人情回家的路上，大人们一般要评价一下菜的好孬，有点文化的还要评论一下挽幛和挽联写得对不对，毛笔字写得好不好，而对于人情本身应有的悼念意义，则忽略不计了。抛开亲戚不说，事实上，就丧事本身而言，有些丧主经济条件本来可以，但为了省钱，不想办好，会遭人笑谈，有的还会落下话把子。这样的故事篓子，会流传多年，使当事人不堪其扰。

时间推移，到了1975年前后，滕县严格推行丧葬改革，老人去世一律火化，禁止丧事大操大办，改革礼仪，提倡鞠躬礼，人情的礼节简化了许多。随着生活条件逐渐好转，我也长大成人了，对于人情之类，兴趣淡化了许多，渐渐就不愿意再去了。但也有非去不可的，因为亲戚太近且对方辈分低，还得代表父母长辈去人情。那年冬天，堂姐的公公去世，按照大爷的安排，我们跟着堂哥去西乡堂姐家人情，那天天阴，灵棚里非常暗，亮着200瓦的电灯，由于礼仪改革，不让跪拜，改行鞠躬礼，司仪喊"脱帽"以后，我们才发现堂哥新剃了光头，锃光瓦亮，与电灯泡相映生辉！我随即想到了电影《打击侵略者》里的白虎团团长，心里憋着笑，完成了鞠躬仪式，而我的另一个小堂弟，则实在忍不住，"噗"地笑出声来！

1976年，刚满18岁的我做了民办教师，自认为算是为人师表了，再经常出乡去人情，磕头礼拜，有些不合时宜，除至亲外，基本再没有跟着人情这一说了。

（本文分别登载于2020年3月《滕州日报》，2020年3月《滕州精神家园》，有改动）

上　　坟

　　清明渐近，据天气预报，3月底，将有两股冷空气先后影响北方，一直持续到4月上旬，今年的清明节，大概要在风凄天寒中度过了。自古以来，清明节是我国民间祭祖上坟的最隆重的节日。一到清明节，好像天空也充满了忧伤凝重的气象，映衬着千千万万扫墓上坟者的郁闷心情，就连微信朋友圈也消停了许多，暂时没有了以往的热闹。清明的此景此情，唐代白居易有诗《寒食野望吟》为证：

　　　　　　乌啼鹊噪昏乔木，清明寒食谁家哭。

　　　　　　风吹旷野纸钱飞，古墓垒垒春草绿。

　　　　　　棠梨花映白杨树，尽是死生别离处。

　　　　　　冥冥重泉哭不闻，萧萧暮雨人归去。

　　已经去世的中国台湾著名作家余光中先生亦有《乡愁》诗云：

　　　　　　……

　　　　　　乡愁是一方矮矮的坟墓，

　　　　　　我在外头，母亲在里头。

　　　　　　……

　　古往今来，人们对于故去的亲人，情感专一，对于先人的祭拜，形式内容也没有多大变化。几千年的祭祀传统，牵动着中国人最隐秘而质朴的情感，一头系着对亲人的思念，一头连着对未来的祈福和期盼。

我曾经询问过一位父母均已过世的好友，每逢清明节到底是一种怎样的心情，他回答说，父母没有了，自己年龄再大，子孙再多，也是孤儿。一到清明，心情莫名其妙地郁闷和烦躁，无所适从，想到父母生前的音容笑貌和养育之恩，想到自己侍奉父母的不足，所以，每逢清明节，陪着姐姐带着弟弟、妹妹一起为父母上坟，就成了弥补这种不足的唯一仪式和寄托，也成了兄弟姐妹除春节以外的又一次亲情大聚会，以告慰父母的在天之灵。说着说着，这位年近六旬的爷们，声音哽咽，眼圈已经发红。我虽然年事不低，有幸父母健在，听了朋友的一番话，心灵震撼，感同身受：父母在，人生尚有来处；父母去，人生只剩归途……

事实上，对去世的父母、先祖的祭奠，形式是次要的，重在内心。滕州教育界有一位德高望重的老先生，深受传统文化礼仪影响，十几年前，据他儿子讲，老人每逢清明节和父母的忌日，都要早早起床，在父母的遗像前焚香礼拜，然后落座静思一天，多少年来都是如此。这样的祭拜，比起过分追求形式豪华的上坟祭祖，不知要强过多少倍。《论语·八佾》第十二章："祭如在，祭神如神在。"是说孔子祭祀祖先就如同祖先真在那里，祭祀神就如同神真在那里，老先生是真正实践了孔子的恭谨虔诚之道的。现在老人也已经过世多年了，我想，在他的家风感召下，他的子孙后辈也肯定一如老人家祭的恭敬，来缅怀他及先祖。中国人对先人的祭祀是道德信仰，是发自个体情感的感恩与缅怀。谁都清楚，上坟祭奠的酒馔"一滴何曾到九泉"，但人们却相信亲人、先祖能够领受祭奠者的情意，这种庄重的仪式是一种情感的、诗意的、道德意义上的真实。

（本文登载于2019年4月《滕州日报》，有改动）

扪虱年代

微信群里，好友发了一张图片，是一只长而扁、银灰色且有些透明的小昆虫，我左猜右猜，猜成了水鳖子。好友启发我说："猜错啦，我们可没少受它的祸害！"我记忆的闸门立即打开了，这是一只放大后的虱子——久违了，老伙计！

关于虱子的记忆，现在年龄在四十岁上下者恐怕一片空白，遑论更年轻一代。几千年来至四五十年前，虱子是人们的亲密朋友，寄生附着在人的衣服里、身体上，如影随形，吮血传病。所以，过去的人们就有了一项不太体面的业余活动——逮虱子，古人讲究，将此起了个文雅的词儿——扪虱。本人脖子右上侧，有一颗大点的痣，少年时多次被人误认为虱子，好事者还要热心帮着扪，使该痣蒙受不白之冤。还有，小时候逮着虱子舍不得立刻扪死，要把玩一番，我藏有一个放大镜，喜欢把虱子放到放大镜下面观察，放大后的虱子体大如豆，蠕蠕载行，触目惊心。有一次恶作剧，把逮到的虱子"放生"，扔到了前面同学的头上，也不知道这只幸运的虱子在同学头发里繁衍后代没有。后来听马三立大师的单口相声《开粥厂》，里面的马善人慈悲为怀，逮着大虱子不忍心挤死，放别人脖子那儿，每每听到这段，除会心一笑外，内心偶有一丝愧怍，认为那马善人就是我。

据专家考证，虱子作为一种寄生虫，其生存年代比人类历史长太久太久了，在恐龙生活的中生代，就已经寄生在生物宿主身体上了。虱子在从容不迫地进化繁衍，努力适应新的环境，新的宿主，种子绵绵不绝，一直繁衍到与人类为伍，使人不堪其扰。上至天子贵胄，下至山野乡民，都是虱子的食物源。据说旧社会穷人有三宝——丑妻、薄地、破棉袄，只是这破棉袄实在不敢恭维，因缺乏换季过渡衣物，要穿冬春两季，不仅藏污纳垢，而且极适合虱子安营扎寨；而富人一般都穿绫罗绸缎，表里柔滑，且经常换洗，致虱子常有冻馁之虞。而对于虱子来说，穷人的血和阔人的血，其口感应别无二致，尤其是饿皮虱子，饥不择食，生存在穷人身上比较靠谱，如果让虱子单向选择，相信虱子们也会不约而同地选择穷人，而对于富人则可能会给予"差评"，敬而远之。

虱子与人们是这样密不可分，因此，日常生活里，虱子一词常见诸方言俗语甚至于文学作品，有的还颇具哲理性。秃头上的虱子——明摆着，指问题不复杂，无须多言；为个虱子烧了皮袄，说明因小失大，不值得；虱多不痒，账多不愁，是说债务人欠账太多、压力过大导致精神恍惚麻木；皇上也有两个御虱子，这是普通百姓对自己有虱子的调侃和安慰，其实，在虱子多的年代，皇帝虽贵为天子，如果不讲究个人卫生，真不能保证不生虱子，即使个人注意了，也不能保证太监、嫔妃不生虱子，因为传播路径多，有"御虱子"在所难免。开疆拓土的皇帝，如唐太宗、康熙帝等，御驾亲征四方杀伐，"铠甲生虮虱"（曹操《蒿里行》）是肯定的了。钱锺书小说《围城》中，方鸿渐、赵辛楣、孙柔嘉等去三闾大学教书途中下榻欧亚大旅社，店家铺盖里不仅有虱子，还有跳蚤和臭虫，几个旅伴深更半夜苦练了一把扪虱的本领。

过去生虱子虽然非常普遍，但人的身体上，有了这么一群异类，除了被其咬得奇痒难受，多少还是带给人一些尴尬。所以，人们扪虱的时候，一般都是悄悄地进行，鲜有大庭广众之下所为，像《阿Q正传》里的阿Q和王胡那样。但有一个时代例外，把扪虱传为美谈。《晋书·王猛传》："桓温入关，猛被褐而诣之，一面谈当世之事，扪虱而言，旁若无人。"王猛，东晋人，相貌英俊，身材魁伟，博学多才。权倾一时的丞相桓温入关（今陕西关中），王猛去拜见了他。当时，王猛身穿粗布衣服，而且很脏，身上还长了虱子。他一边和桓温谈论天下大事，一边满不在乎地伸手入怀，捉身上的虱子。桓温察觉了他的举动，看出王猛是个奇人，说话也鞭辟入里，于是，临走时赐给王猛车马，拜为高官督护。王猛通过扪虱而谈，名声大噪，成了当时的名人，后来乘势而上，投奔前秦皇帝苻坚，当了丞相。扪虱，自此成为一种名士风度，对后世影响甚著。唐宋至明清诗词不说，南宋时期的文学评论家陈善《扪虱新话》，书以扪虱入题，且不究陈善写作时有无扪虱，但该书"考论经史诗文，兼及杂事，别类分门，颇为冗琐，诗论尤多舛驳，大旨以佛氏为正道，以王安石为宗主"（《四库全书总目提要》），尽管如此，论述自成一家，多为后学所引。

生活水平提高的标志，就是人们吃得比以前好了，可替换的衣物比以前多了，且逐渐养成讲卫生的好习惯，几十年来，"新三年，旧三年，缝缝补补又三年"的观念已然是过去时。"仓廪实而知礼节，衣食足而知荣辱"，仓廪实、衣食足还带来一个不知不觉的变化，就是虱子无处藏身，最后不辞而别，悄然消失，致当今风雅之人无虱可扪，确是社会发展进步使然也。

（本文登载于2020年8月《滕州日报》，有改动）

附：

品读《扪虱年代》

    前几日，《滕州精神家园》《滕州日报》先后发表了段修桂老师的一篇新作——《扪虱年代》。发现后，我急不可待，忙连读了几遍，越读越觉得生动有趣，大有大快朵颐之感。于是，就信笔写了短诗一首，但仍觉意犹未尽，还想不揣简陋，妄提拙见，再写几句学习心得，以讨教于诸君，借以抛砖引玉。

    段修桂老师是善国文化研究会顾问，近年来活跃在滕州及济宁文坛，其文学作品深受广大读者的欢迎。他是我的良师益友，我是他的忠实读者。他的作品只要一发表，我都要在第一时间研究学习，每次总被他的佳作感染，被他的文笔打动。尤其是他的散文形散神聚，特色鲜明，语言优美，风格幽默，内容丰富，生动感人，而且思想性与艺术性有机结合，高度统一，根扎生活沃土，紧紧连接地气，雅中有俗，俗中有雅，雅俗兼之，他那深厚的文学功底，高超的写作技巧，出色的语言表达能力，让我由衷地佩服。每次读到他的作品，对我来说都是一次美好的精神享受，而且我总是以最快的速度把他的作品转发给我身边的朋友，共同分享阅读的快乐。

    段修桂老师的许多佳作，都写得有滋有味，脍炙人口。在此，本人只就他的近作《扪虱年代》一吐我读后之快。说得欠妥之处，还请段老师多多谅解。

当文章的题目一映入我的眼帘，便立刻吸引了我，同时激起了我浓厚的阅读兴趣，驱使我一口气把文章读完，进一步引起了我强烈的感情共鸣和莫大的感慨。是啊，虱子这个早已不见踪影的小东西，对于我是那样的熟悉而又陌生，让我又仿佛回到了那贫穷的时代，又想起那许多令人心酸的往事……

我小时候，就曾经与虱子朝夕相处。那年月，我和许多人一样，吃糠咽菜喝稀糊，由于营养不良而面黄肌瘦，穿的是补丁摞补丁的衣服。特别是在难熬的冬天，只有一件用旧棉絮套的"乏筒袄"和薄棉裤，根本没有衬衣衬裤。由于长时间不能换洗，衣服里藏满了虱子和虮。那些饿皮虱子疯狂地在衣缝里安营扎寨繁殖后代，贪婪地吮吸着身上本来不多的血液，真是受尽了它的气。我对那些可恶的寄生虫恨之入骨。记得上学的时候，老师在讲台上讲着课，我只觉身上又痒又疼好不难受，一伸手竟摸出了一个大虱子，虱子吃得滚圆如绿豆粒一般大，接着我就用两个大拇指甲盖夹住虱子狠狠地一挤，只听"咯嘣"一声，就把它碎尸万段，好不解恨。

最让我难忘的是，在我小时候的一个隆冬之夜，茅草房外，北风呼啸冰天雪地。我蜷缩在旧棉絮薄被子里，母亲把我脱下来的棉袄棉裤翻卷过来，然后拨亮煤油灯，靠着微弱的灯光，睁大眼睛，把虱子一只一只从衣服缝里捉出来，再顺手把虱子放进身边的小火盆里给烧掉。为了消灭衣缝中那些数不清的虱卵——虮和那些小虱子，母亲竟顺着衣缝用牙齿使劲地咬啊咬。可是逮不净的虱子，一段时间过后，漏网的虱子又卷土重来，母亲还得再熬夜，又重复上演原来的那一幕。

我至今还清晰地记起40年前妻子为二女儿逮虱子的情景。那可恶的小虫，吸血成性，竟连小孩儿也不肯放过。当时，二女儿刚满周岁，她不光衣服里有虱子，就连头上也是虱虫乱钻，大大小小，十分难逮。于是，妻子就干脆拿来一把篦子给女儿梳头，目的是把虱子给刮下来。一篦子梳下来好多个，此法暂时管用，可不几天，虱虮又生满了头，无奈之下，妻子就把女儿的头发全部剃光，让虱虮没有了藏身之地。

更有甚者，在那个年代，有的人家为了灭光衣上、头上的虱子，竟用农药洗衣搓头，差点出现生命危险，酿成家庭悲剧，这都是虱子惹的祸。

读罢《扪虱年代》一文，我曾这样假设：如果让我写此文，充其量只不过写写以上之事，再写写"今非昔比两重天，扪虱年代不复返"，如此而已。这只能给人一种平淡无奇之感，其艺术感染力、思想性、艺术性更是无从谈起。

值得赞赏的是：段老师厚积薄发，博古通今，独辟蹊径，思路开阔，深入挖掘，精雕细刻，真是妙笔生花。文章围绕小虱虫，做起了大文章，谈古论今、挥洒自如、亦庄亦谐、趣味横生，竟挖出了流传于民间颇具哲理性的许多方言俗话歇后语，深入浅出，耐人寻味，引我会心而笑，其语言风格幽默诙谐、饶有风趣，读来实在让人开心不已。

让我更受益的是，我从中还增长了许多见识，似乎让我看到了古时的那些开疆拓土的代代枭雄，为成就霸业。他们南征北战"枕戈待旦，志枭逆虏"（《晋书·刘琨传》），以致铠甲生虱（曹操《蒿里行》）；好像让我听到了古战场上群雄逐鹿、千军呐喊、万马嘶鸣、鼓角声声；还领教了欧亚大旅社中的旅伴们深更半夜如何练就扪虱本领；又重温了《晋书·王猛传》中那让人百听不厌的"王猛扪虱"的故事，领略了"名士扪虱"的特有风度。读罢真让人眼界大开，不禁让人直呼过瘾，好不快哉！

读罢此文，我还想起了《孟子·离娄下》中所云："资之深，则取之左右逢其原。"原意是做学问功夫到家后就可取之不尽用之不竭。我就想：段老师平日里如不博览群书，善于积累，把学问装满脑子填满肚子，那又怎么到用时就信手拈来，而且用得相当准确恰到好处？这正应了民间一句歇后语"月黑头里摸虱子——全仗着有"啊。一个人如胸中无墨，腹中空空，别说闭眼去摸，就是拿着显微镜也未必找得到。怪不得段老师这么清楚地知道南宋时期评论家陈善的《扪虱新话》，这么清楚地知道《四库全书总目提要》中那段自成一家的精彩论述，这真是"冰冻三尺，非一日之寒"也，我想这是段老师的文章之所以出彩的其中原因之一吧。

唐代大诗人杜甫诗曰："读书破万卷，下笔如有神。"这千古名句告诉我们：只要多读书，勤积累，善思考，就能成为一名有学问的人。《扪虱年代》就是生动的一例。这正是：《扪虱年代》写得妙，桂弟文笔技高超。字字珠玑见锦绣，一睹为快得见教。

（张玉川，枣庄市优秀教师，现为华东乡土文学作家协会会员。本文登载于2020年9月《滕州日报》，有改动）

嘴馋的日子

所谓"馋猫鼻子灵"也。但近年来对于猫咪来说，馋猫有些污名化了，不少人家的肥猫，过着像乔恩（美国电影《加菲猫》主人公）家的加菲猫那样的生活，有专业的猫食供应，有定期的清洁洗浴和毛发指甲修剪，还时不时给主人来个恶作剧。据说国外还有心理医生专门为宠物猫狗提供心理咨询服务；猫咪们对于包括老鼠在内的食物源已经恹恹不睬，无动于衷，甚至见了老鼠夺路而逃，颠覆了人们对猫是老鼠的天敌这个论断的认知。当今把某些喜欢下厨房、上馆子的美食家比喻为馋猫，多是调侃之词，而真正的馋猫称号，应该最适合送给多年之前的一代嘴馋者。

我们这个年龄群体，比之我们的父辈，是幸运的，没有经历过旧社会，但我们小时候，基本是粗茶淡饭，今天寻常的衣食住行，在那个年代难以想象。因此，童年的我们，嗅觉十分灵敏，味蕾特别发达，可以说都是馋猫。那个年代，不仅人馋，猫也馋，猫逮起老鼠来还是尽职尽责的，但饿了也偷吃主人家的鱼。滕西大坞一带农村，谁家办红白喜事，一般都时兴十个碗的大席，庖厨们巧手烹制出的各种菜肴，其香味令人垂涎欲滴，因而催生了一拨拨"看嘴族"：几个六七岁、八九岁的顽童，没有坐宴席的资格，结伴去观赏大人们吃喝。酒桌上觥筹交错、大快朵颐，"看嘴族"涎水泉涌。上四五年级时，偶翻父亲的老字典，看到了"屠门大嚼"这个成语，备感亲切，好像专门为"看嘴族"量身定制。后来，母亲知道了我跟着看嘴，狠狠地打了我一顿，不得已退出了看嘴序列。不久，五叔（父亲的堂弟）结婚，第一次由奶奶领着，吃到了真正的大席，原来可望而不可即的大肥肉、滑丸子，由奶奶用调羹喂到我嘴里，才知道世界上还有如此美味佳肴，那顿大席给我留下了至今难以忘怀的记忆。

有人说，贫穷限制了想象力，而孤陋寡闻也会限制想象力。小时候，副食匮乏，理想中的美好生活，就是大块吃肉，而且是吃肥肉，甚至希望自己得一次感冒发烧，这样母亲就可以给我做一碗鸡蛋汤了。像《红楼梦》里第四十一回，王熙凤向刘姥姥炫耀贾府茄鲞的饕餮作法，刘姥姥打破脑袋也想象不出来，但如此暴殄天物，贾府焉能不败？随着少年长成，吃的视野不断开阔，花样也不断翻新。冬天你偷家里几个鸡鸭蛋，他拿家里几斤地瓜干换豆腐，找个可靠的人家借个火，解一解馋虫；夏天晚上几个小伙伴潜伏到三大娘家偷桃，虽然挨了蝎子蜇，但吃着甜甜的桃子，也就忘却了疼痛；割草的时候，我们甚至在麦地里逮住过一只流浪的长毛兔，回来把兔毛剪了卖给采购站买零食，然后把这只剪成光板的可怜兔子宰了吃肉喝汤。过春节，家里的拿手凉菜，也就是炝大青豆，加上酥菜，没有其他好吃的东西。少年的我，正长个子，每天逮住咸豆子猛吃，但这个东西吃了容易上瘾，吃多了又消化不良，难闻的气体时常从有关"通道"排出，既污染了环境，也使一同玩耍的伙伴们皱眉捂鼻。

上初中的时候，这年的春天，老师组织我们拉练，步行四十里到滕县城旅游，城里有亲戚的二大娘，给了我二斤粮票（当时饭店的所有面食都要用粮票买），母亲吩咐我，别忘了给弟弟妹妹买一斤油条。听那些见过世面的同学描述城里的馄饨如何如何好吃，老想着到了那里得好好吃一顿。师生在县城玩了两天，晚上住防修小学（今书院小学）的教室。临回家那天中午，终于发现了一家卖馄饨的国营饭店，里面热气缭绕，食客排队等候，我站在出菜口往里张望，操作间有几位穿白围裙的人忙碌着包馄饨，熟练的动作令人叹为观止，突然看到一中年妇人忙里偷闲，往地板上甩了一把鼻涕，然后并没有去洗手，只是把手往围裙上一搓揉，接着包馄饨，看得我目瞪口呆，涌上来的馋虫也消失得无影无踪，不得已，换了一家小饭店，吃了一碗不要粮票的杂烩汤。这次初游滕县，给我留下的最深刻的记忆，一是两只脚板磨了三个大血疱；二是馄饨饭店的奇葩遇见。以至于此后多年，直到在县城工作了，我仍不愿去那家饭店吃饭。而给弟弟妹妹买了一斤粮票的12根油条，路上老是忍不住偷吃，回到家里只剩下5根半。

刚参加工作在学校工作，最后改行到政府部门当秘书写材料。随着工作环境的转换，社交面扩大，参加的饭局也多了起来，但我一不能喝酒，二不善言辞，有时候面对满桌菜肴，只认得酥鱼、红烧肉和滑丸子等滕州的传统大菜，引得朋友戏说我老土。有时候，约二三好友，去东沙河吃十大碗，好像只有这样，才可以唤起对童年老味道的记忆。有一次，跟着朋友去沿海一座大城市考察，接待方将虾、螃蟹、扇贝等海味摆满了一桌，但总勾不起我的食欲，还是老想着红烧肉。其间服务员给每人上了一个精致的玻璃碗，里面有小半碗貌似饮料的清水，泡着一片柠檬，散发着一股清香，我以为也是每人一碗，端起来一饮而尽。谁知过了一会儿，只见主陪、主宾啃过了大蟹，把手指伸进玻璃碗里反复搓洗——我喝的原来是洗手水！偷偷问服务小姐，才知道用柠檬水洗手，可以去除手上的海鲜味，但既然海鲜都进到肚子里了，手上的海鲜味似乎可以忽略不计，难道不可以用纸巾拭手吗，把洗手水放餐桌上，致使我尴尬了个大尴尬。

随着岁数逐年增大，胃口在慢慢蜕化，味蕾也变得迟钝了，但平时吃素吃多了，偶尔还想吃半碗红烧肉解馋。小高层楼房住户多，厨房烟道密封不严，做饭时上下邻里之间没有了锅碗瓢盆交响曲的互相干扰，但多了煎炸烹炒油烟味的亲密交流。我这久经沙场的老鼻子，竟然仍可分辨出邻居炒咸菜放的是香醋还是酱油，炖酥菜用的是开水还是高汤，做红烧肉用的是甜酱还是蚝油等。几十年前读《论语》，知道了孔老夫子吃饭讲究：食不厌精，脍不厌细。可我觉得对祭品和食物过度加工不仅浪费人力，而且浪费时间，还可能造成养分流失。人生在世，理想的生活状态，应该是走得动，睡得着；简洁饮食，有好胃口，吃嘛嘛香，身体才可以倍儿棒。果如此，足矣！

（本文登载于2021年2月善国文化公众号，有改动）

喝茶的衣裳

"喝茶的衣裳"，是滕州及微山湖周边一带的特定方言。所谓喝茶，并非去茶社、茶楼品茶，而是去亲朋家里或者其他比较正式的场合参加私人活动。作为客人，要穿得讲究点，以示尊重。这讲究点的服装，就是喝茶的衣裳。

五六十年前，老百姓穿衣要布票，人们的替换衣裳甚少，尤其是男人，基本就是夏秋天一身单，冬春天一身棉，条件好点的有一身夹袄，可以起到季节过渡的作用。我小时候也是这样，替换衣裳不多，冬天吃饭，衣襟上经常沾上糊涂嘎巴儿和菜汁，不到过年，棉袄即油光可鉴，曾经被一位说话尖酸刻薄的初中语文老师当着全班同学调侃为"打油匠"。那个时候，人们虽然生活不大宽裕，但也好面子，因为人要衣裳马要鞍，出乡做客喝茶，必须穿件像样的衣裳撑门面。喝茶的衣裳，一般是好点的上衣，因为上衣离脸面最近，家里没有，只好去邻家借。如果谁有一件缝纫机裁缝做的灰色卡其布中山装或蓝华达呢布料的毛领西式大袄，可能会出借小半个村子。20世纪60年代初期，我记事的时候，农家遇到喜庆事——给儿子说媳妇下启（定亲）或送对月（送新出嫁的姑娘回婆家）等，客人还有穿长袍马褂、戴红疙瘩瓜皮小帽的，像老电影《抓壮丁》里的王保长。主人和客人见面还要恭恭敬敬拱手作揖礼拜，真不知道那样的长袍马褂是谁家的老古董。

老家有一位二老爷，生长在民国年间，据说小时候很机灵，喜欢多说话。有一次，跟着他老爷（祖父）去一家新亲送出嫁的姑娘回婆家配车子当客人，老爷没有新衣裳，借了别人家一件毛蓝大褂，路上，老爷再三叮咛他，到了那里要规规矩矩，要像个当客人的样子，不要调皮，以免人家笑话。到了亲戚家，年幼的二老爷果真很听话，很守规矩，一直没怎么说话，到宴席快结束，全桌人酒酣耳热、说话暂时冷场的时候，二老爷犯了快嘴的毛病，问了一个自认为非常重要的问题："老爷，你借的谁家的大褂？"老爷被孙子揭了老底，失了面子，脸色红一阵、白一阵，非常尴尬。回到家，二老爷挨了脾气暴躁的老爷的一顿痛打。老人虽然去世多年了，这个有趣的故事还在家族流传着。

到20世纪70年代中后期，我们这一带不要布票的化纤布料开始热卖，年轻人衣裳的样式也在悄悄发生着改变：锁边的的确良裤子在城乡流行，涤卡面料也不要布票，经济条件好点的可以买了做中山装或国防服，还有的做夹克装，手工缝制衣裳已经很少了。出门做客或过年，也有了压箱底的替换衣裳。那个年代乡间流行的顺口溜是："金鹿的车子蹬起来，锁边的裤子卷起来（只卷一折），褡包（裤兜）的手绢露出来，（戴）手表的胳膊举起来。"城里的小青年则是你无我有，你有我精，在引领时髦上永远走在前面，穿鸡腿裤、包腚褂，留大鬓角、梳大背头，骑着个包链盒的永久或凤凰牌轻便自行车，按着车把上的旋转串铃，在人群里左拐右绕，穿来穿去，遇着漂亮的女孩子，如同古代少年看到罗敷，还要"哗哗"地倒几下车链子，吹几声口哨，甩一甩头发，这大概是那个年代最酷的标配和时尚了。

20世纪80年代，西装独领风骚，有点身份的几乎人人都有西装，西装成了喝茶的衣裳。农村的庄稼人，有时也穿便宜点的西装，有意思的是，他们可以把这种在别人眼里非常正式甚至有些严肃的服装整成稀松平常，冬天冷，中式棉袄外面，可以套个西装外套。我刚参加工作那几年，当老师的时候，看到同事穿西装很神气，在爱人的支持下，花了将近两个月的工资，从百货大楼买了一套混纺面料的灰色西装，那时候身材比较直溜，西装很合身，穿着给学生上课，走个亲戚，偶尔去外地参加个业务活动等，自我感觉良好。谁料想洗涤后在外面晾晒的时候，被小偷"借"去了上衣，古人所谓衣裳，是上衣下裳，现在光剩下裳了。估计小偷是个矮而胖的家伙，我人瘦腿长，小偷搭眼一看西裤腰身不合适，"开恩"留下裤子，但西装裤子不好配套其他上衣，我为此抓狂了好长时间。

新世纪，新时代，日益便捷的交通出行方式和发达的信息科技，带动了人们对于日常生活的多元化追求，人们的着装也日趋多元化。偶尔观看20世纪八九十年代的视频，看到那个年代里人物的着装，恍如隔世。那种人们千篇一律追求一种服装样式、一种发型设计的时代一去不复返了，现在人们的着装，尤其是女性的着装，注重于突出气质个性，可谓千姿百态，争奇斗艳；春暖花开的时候，走在大街上仔细观察，来来往往的人群中，基本上没有两个人的服装是一样的，那些灵活舒适、表现个性的服饰，简洁明快、适合工作需要的服饰，逐渐受到新一代人的接受和认可。喝茶的衣裳这个方言短语，应该归于尘封的词汇系列了。

（本文登载于2021年2月《走进滕州》，有改动）

那岁月，那伙房

看到一则信息发布——山东省中小学校星级食堂学校名单的公示，滕州市三所学校上榜！能上榜的食堂，想必是管理严格规范，饭菜的质量和色香味俱有保证，师生满意。能做到这些，的确不容易，在滕州的各级各类学校，这样的食堂不在少数，这是教育综合管理水平不断提升的缩影，这也使我不由得想起过去的岁月，过去的食堂。

食堂，是单位集体做饭、就餐的地方，只不过，那个年代，因为功能单一，只管做饭，少有餐厅、餐桌，食堂一般多被称为伙房。我这辈子，吃过学校的伙房，吃过政府机关的伙房。十七八岁的时候赶上公社出河工，听说河工可以吃白面馍馍，吃腻了瓜干煎饼的我跃跃欲试，瞒着家里报名，生产大队看我赖赖巴巴的样子没让去。20世纪80年代末还吃过部队的伙房：坐落在南沙河镇上营村附近的济南部队第24野战医院，当年因裁军撤销建制，与泰安的88野战医院合并，医院留守处有部分年轻战士和士官报考军校，请滕州二中派几位老师代课辅导，选我去教了一段时间的语文，一星期三天，军用大卡车接送，风雨无阻；吃饭优待，四菜一汤，然蛋、肉甚少，青菜居多。

追求温饱的年代，集体伙房与就餐者简直是一对矛盾组合。吃饭的总想少花点饭菜票，吃点好的饭菜，民以食为天嘛！然而伙房不是如意饭店，为确保上班人员按时出勤，就餐方便快捷，饭菜要统一标准，统一口味，样式不能太多，而且要核算成本，量入为出，最好略有结余，留点伙食尾子，年终好给同志们发点福利。但众口难调，且当年菜品单调，总难尽如人意。那个年代的伙房，一般都是瓦房，外面高高矗立着冒着煤烟的烟囱，厨房内一口大锅做菜，一口大锅蒸饭，另有一口大锅烧开水，好点的有自动馒头机加工馒头；灰不溜秋的墙壁，油腻腻的地板，夏秋两季，还有满眼飞舞的苍蝇，偶有仓皇流窜的老鼠，卫生条件实在不敢恭维。一般情况下，就饭菜质量和卫生条件而言，上级伙房好于下级伙房，单位人员少的伙房好于人员多的伙房。而配有餐厅的学校伙房少之又少，学生打饭一般回宿舍吃，只有一些中专、大学的伙房有餐厅，但少有座位，就餐的学生围着简陋的餐桌站着吃喝，以至于很多学生放假回家后，都不习惯坐着吃饭了。

滕州有一所农村高中，四十几年前，伙房有李、刘、周等几位师傅，分别专司烧开水、炒菜、熬棒子糊涂（玉米稀饭），学生根据其职业特点，给师傅们起了个系列绰号：茶李、菜刘、糊涂周。有俗语调侃"饿死的伙夫八百斤"，其实这个说法有些主观、夸张，伙房的伙夫（厨师），长期油烟熏呛，影响食欲，胖子真的不多。比如菜刘师傅，就比较干瘦，个子也不高。菜刘给学生打菜，从不看人，低着眉眼掌勺，合撒（鲁南方言，抖动的意思）着手，把稍微冒尖的一勺子菜，掭成多半勺，功夫了得。但这也不能单抱怨刘师傅，学生基本来自周边几个乡镇，住校生多，吃饭的多，都是背着煎饼包袱、提溜着咸菜罐子来上学，多是十七八岁的半大小子，吃壮饭、长身体的时候，整天咸菜泡煎饼吃腻了，吃得劙心（鲁南方言，胃酸多，致胃部灼痛），拿家里给的压箱底的几块钱或学校发的助学金，买点菜票，偶尔改善下生活。一旦买菜的多，菜又做得少，伙房不得已就得将就一下。

责任心好点的伙房师傅，除勉强保证饭菜卫生，其他的真弄不出什么新道道、新花样。受客观条件制约，巧妇难为无米之炊，把萝卜、白菜、土豆一锅烩，做成了一种味道，油水甚少，加之烹调手艺欠佳，写顺口溜、小品文讥讽伙房的大有人在，形成了很奇葩的"菜票文学"。有一所大学，伙房炸出的油条，质地比较坚硬，吃的时候硌牙，有数学系的学生在菜票上留言道："给我一个支点，我用伙房的油条撬起整个地球！"假如阿基米德还活着，听到自己的名言被活用在讽刺学校的饭菜上，估计会笑得从浴缸里再次跳出来！到了20世纪90年代，纸质饭菜票普遍淘汰停用，改用塑料菜票，票面也干净卫生了许多，后来由于取消了粮票，饭票也没有了，统统改用菜票；再后来，电子扫描器出现了，统一用电子卡；科技发展到今天的网络时代，买饭菜可以刷卡，也可以直接刷微信、支付宝。这样，即使有人对伙房有意见，也没有机会在菜票背面写文字发泄不满了，只能在朋友圈、微博里吐槽了。

真正颠覆我对伙房的固有印象的，是21世纪初去浙江参加一个全国小城镇综合改革培训班。集体调研的时候，参观了温州某集团的一个厂区。某集团是举世闻名的低压电器研发制造企业，其市场占有率当时占到全球的25%。在这个厂区，我们不仅参观了规模庞大、高度自动化的生产车间，还参观了宽敞明亮的员工伙房，丰富的菜品，流水作业的厨房操作间，可以容纳4000名员工同时就餐的足球场一般大小的餐厅，纵横成行的桌椅，干净卫生的就餐环境等，都给我留下了深刻的印象。员工就餐每人一个餐盘，在大餐厅即可搞定所有饭菜，且24小时昼夜服务，大大节省了就餐时间，保证了所需营养。这次参观学习，我感受到了在伙房餐厅方面南北地区存在的明显差异。

进入21世纪这20多年，老百姓物质生活渐趋丰富，而机关企事业单位和学校的伙房面貌也普遍发生了质的改变，基本不存在所谓南北地区的差异了。近年来出现了以往罕见的用工荒，某些企业还要用营养丰富的餐饮作为其丰厚待遇之一，招徕员工前去就业，免费的午餐已眼见为实。我曾经在教育部门工作了七八年，有时与执法部门联动，检查学校安全。其中最重要的一项就是检查师生饮食安全，对于食品卫生制度落实不到位、管理上存在漏洞的学校，一律通报批评，由卫生执法部门进行处罚，毫无通融的余地。且所有学校伙房按照规定食品留样48小时，便于溯源究责，确保了从源头上杜绝饮食安全隐患。

伙房的饭菜质量和花色品种，与从前相比也不可同日而语。农村学生再也不会背着煎饼包袱、提着咸菜罐子住校上学，大学生上学也不再卖转移粮了，一张银行卡、一部智能手机就可以搞定一切，包括吃饭。不少单位、学校的伙房还专设了小炒，满足那些吃腻了大锅菜、经济条件宽裕点的人员的个性口味需求。岁月不居，流年似水，过去的老伙房一去不复返了，新伙房肯定越来越好。外出旅游考察，看着从某些企事业单位和大中专学校伙房运出来的一桶桶漂浮着白面馒头、米饭和白花花肥肉的泔水，着实令人心疼。不论什么时候，还是不能忘本，还是要居安思危，还是要对端在手里的饭碗怀有一种感恩戴德、厉行节约的敬畏之心。

（本文登载于2022年1月《滕州文学》，有改动）

老 词 儿

"肥田粉"

　　"肥田粉"，是老一辈农民对化肥硫酸铵的俗称，这个俗称据说最初来自国外。西方农业施用化肥的历史，满打满算也就100多年时间，而我们这里农业使用化肥（肥田粉），始于20世纪60年代以后。几千年来，寒来暑往，秋收冬藏，种地用农家肥，已经成了农民的思维定式，所以一开始对于政府推广肥田粉，从村干部到社员，都是非常抵触的。主要是对硫酸铵的作用不了解，看着这些纯白色、颗粒状的化学肥料，担心用了会把庄稼烧死，遇到上级来督导检查，胆大的干部和社员，硬着头皮施用了"肥田粉"，结果庄稼苗强株壮，长势喜人，产量大增，这才知道"肥田粉"的威力和好处。第二年，不用政府动员，都自觉施用了，自此，"肥田粉"大行其道。进入20世纪70年代以后，滕县先后建起了闻名全省的滕县化肥厂和鲁南化肥厂，滕县化肥厂主要生产碳酸氢铵，鲁南化肥厂主要生产尿素和氨水，"肥田粉"的名称逐渐边缘化，被化肥所取代。20世纪80年代以来，实行家庭联产承包责任制，农民种田的积极性高涨，化肥的使用愈加普遍，加之种子逐年改良和科学施肥，粮食单位面积产量不断提高，没几年即解决了农民的温饱问题。发展农业，一靠政策，二靠科学，此言不虚。

"洋火"

"洋火"，即火柴。但凡带个"洋"字的，一般是舶来品，火柴也不例外。火柴最先在国外出现，应不晚于丹麦作家安徒生的年代，有童话《卖火柴的小女孩》为证。自燧人氏钻木取火始，老百姓几千年都是用类似方式以及火石、火镰打火，为了保存火种，偏远地区还有用火纸焖子（把火纸捻成实心长卷，点燃后留暗火，可保留火种好几个小时，但容易引发火灾）。民国时期，奉系军阀张宗昌主政山东，附庸风雅，喜作打油诗。据说某日天雨，电闪雷鸣，老张诗兴大发，出口成章：忽见天上一火链，好像玉皇要抽烟；如果玉皇不抽烟，为何又是一火链？在张宗昌看来，闪电犹如火镰打出的一道火链，玉皇大帝用此吸烟，想象和比喻都是比较恰当的，虽然诗格俗了点，我们如果想象着玉皇用"洋火"点烟，则气场与诗意就不合了。新中国成立后，老百姓虽然用上了国产火柴，但习惯上还是叫"洋火"。济宁距离滕州不远，当年给我们印象最深的除驰名中华的玉堂酱园，就是济宁火柴厂生产的安全牌火柴，2分钱一盒，质优价廉，十几年不变。"文革"初期，火柴厂停产，致"洋火"断供，老百姓一度用豆油点灯，用火纸焖子生火做饭。伴随着"洋火"出现的，还有打火机，要用煤油或汽油，且价格不菲，直到塑料气体打火机问世，"洋火"才逐渐退出历史舞台，在鲁南地区的结婚喜宴上，"洋火"作为与香烟配套的摆设出现，象征着红红火火。

"大哥大"

　　"大哥大"，手提移动电话的俗称，也叫砖头手机，流行于手提电话最初面世那几年，等到大部分人手里都有一部体积小且最新款的移动电话时，就改称手机了。这种移动电话，状如黑色砖头，称重在一斤以上，功能单一。20世纪90年代初期，"大哥大"是身份和实力的象征，不仅通话双向收费，而且收费高于有线电话。不少年轻人怀有的青春梦想，就是能够拥有一部"大哥大"。先于"大哥大"出现于市面的，是BP机，也叫寻呼机、传呼机。当年人们最时髦的标配，就是外扎腰的腰带上，挂着个BP机，大点的像挂着个二把盒子枪；最有面子的事，就是众目睽睽下，BP机响个不停，然后机主踱到距离最近的公用电话旁，打电话时用貌似不耐烦的语气询问对方："谁打的传呼？"虚荣心得到了小小的满足。但在"大哥大"面前，BP机先天不足，自惭形秽，流行没几年就下架了。当年移动通信部门各地的营业大楼建得非常气派，往往是一个城市的地标，但是，设计师在设计大楼的时候，没想到手机外形进化之快，不少把大楼都设计成大哥大的形状，成为一座座放大版的"大哥大"，突出了行业特征，但也留下些许遗憾。自"大哥大"始，到今天的5G网络和5G手机，移动通信经历了从模拟信号到数字信号的飞速跨越，手机也从单一功能到多功能覆盖，社会经济活动几乎均可用手机完成，手机价格和资费不断降低，惠及人民大众。科技发展日新月异，令吾辈叹为观止。

　　（本文分别登载于2020年11月《滕州精神家园》，2020年12月《滕州日报》，有改动）

另说"八股"

封建社会的科举，涵盖了当今的中高考、公务员考试制度。几千年的中国封建社会，统治阶级选人用人，历经了秦汉之前的举荐和直接任命制，两汉时期的察举制和征辟制，曹魏时期的九品中正制，至隋唐为科举制，即通过一定科目的考试选拔人才。读书人焚膏继晷，皓首穷经，通过科举考试这个平台，由童生而秀才，少数人由秀才而举人，极少数人由举人而贡士，由贡士而进士，经激烈竞争，脱颖而出，步入仕途，实现人生梦想。"朝为田舍郎，暮登天子堂"，从积极意义上说，这应是封建社会选用人才制度的进步。

科举考试从隋唐肇始到明清八股取士，有一个发展演变过程。隋朝主要是策论（根据试题提出的关于经义及政事问题写成议论文字）取士，这是以文章科考的发端；唐代科考项目逐渐增多，但最受重视的是明经、进士科，明经考经学，进士考诗赋。八股文作为科举考试的一种文体，其源头始于王安石推行的"经义取士"。有宋一朝，程朱理学已形成完整的学术理论体系，被统治阶级奉为维持其皇权统治的思想法宝。经义取士，就是要求参加科考的学子用文章阐释程朱理学定义的儒家经典，考官以文章优劣定取舍，其体例经过不断演变和完善，至明朝渐趋成型，成为从形式到内容都有严格要求的八股文,谓之八股取士。

传播于明清两朝500多年的八股文,在现代人的眼里,是与女子小脚、西洋鸦片、男人辫子一样腐朽的东西。但问八股文为何物,有人只知道它是科举制度的产物,知其余者寥寥。科举是封建社会的国家考试,为了选拔所谓高质量人才,确保考试的公平、公正,从命题、写作等方面必须制定一个相对科学统一的标准,因此,八股文应时而生。八股文也称制义、制艺、时文、八比文,由四书取题,写作时不允许学子、士人自由发挥,句子长短、篇幅繁简都有限制。从某种意义上说,八股文算是那个时代的标准化考试。

明清时期的科举考试,八股文不是唯一的考试内容,还要考诗赋、策论等,但八股考试无疑是最重要的考试科目,它贯穿于童试、乡试、会试的全过程,学子参加的每一类考试,八股文少则三篇,多则五篇,谓之八股取士不是偶然的。八股文由破题、承题、起讲、入题、起股、中股、后股、束股八部分组成,后四个部分中,每部分有两股排比、对偶的文字,合起来共八股,故称八股文。这八股的语句,要言简意赅,平仄对仗。行文须以孔孟的语气,不得用风花雪月的典故亵渎圣人。

八股文是针对那个时代科举考试的"顶层设计",是考试指挥棒。八股文在形式规定上吸收了历代古文、律赋等的写法,这就要求读书人不仅要将四书五经烂熟于心,还必须苦读牢记海量的古代散文和诗词歌赋,在此基础上,由学问渊博的鸿儒亲授,进行严格的八股训练。"天子重英豪,文章教尔曹。万般皆下品,唯有读书高。"功名利禄的驱动诱惑,致天下学子以读书习八股文为举业,穷尽精力,闭门苦读。不少人终其一生,了无建树,但客观上带动了明清古文阅读和写作的持续繁盛,也促进了乡塾、县学等各级教育机构的发展。

八股取士从明初实施到清末终止,经历了一个由盛而衰走入死胡同的过程,但从明初至清代康雍乾时期,通过科举,涌现出不少政治家、文学家，他们同时也是八股大家，这应得益于他们所受到的扎实的古文教育和严苛的八股写作训练。如明朝的归有光、唐顺之、王鏊等，既是散文（古文）大家，也是八股大家；清初桐城古文学派的方苞、戴明世、刘大櫆、姚鼐等大家，也有许多八股文集传世。通过八股取士考取各类功名者，有像小说《儒林外史》里的周进、范进等少数浅陋颟顸之徒，但饱学之士居多，这些人构成了封建社会的精英主体，大部分成为治国理政之才。

关于封建科举和八股取士对于读书人的身心摧残和思想禁锢，历代有太多的文学作品和文章予以讽刺批判，但一种考试制度和考试方式存续了五百余年，对于其历史功用，应该客观分析看待。各种形态的制度设计都存在一定弊端，任何考试制度也非尽善尽美，不能苛求于古人。八股取士制度促进了中国古代文化的传承和发展，乡塾县学适应八股考试的教学方法，如诵读、对课等，对于当今的中小学语文教学，仍有借鉴意义；八股文起承转合的结构特点，惜字如金、用词如凿的表达方式，对于当今文章写作，仍具现实的指导意义。清光绪进士、民国著名教育家蔡元培在《我在教育界的经验》一文里，在介绍了八股文复杂且难度很大的训练程序后，也肯定其"是一种学文的方法"。

老滕县旧梨园

盲 人 演 戏

第一次看柳琴戏，还是50多年前，小学二年级的时候，看的是《李二嫂改嫁》。

大队院子西面，有一片开阔地，在那里搭了一个简易的舞台，有人说是滕县城里来的戏班子，看那些人的穿戴，也不像是乡下人，但里面却有一位杨姓的盲人演员。晚上，两盏汽灯照得舞台雪亮，扮演年轻守寡李二嫂的女演员，唱得很动听；扮演与李二嫂自由恋爱的民兵张小六的也是位女演员，就是梨园行所谓坤生，男腔唱得有些沙哑。那天晚上的戏，最出彩的是由杨姓盲人扮演的恶婆婆天不怕。杨姓盲人个头不高，脸稍宽，如果不是白眼珠时而往上翻瞪，真看不出是位盲人。杨姓盲人不出场的时候，穿着演出服——老太太的偏襟褂子，扎着灯笼裤子，坐在舞台右边乐队里弹琵琶，一轮到他出场，就把个黑头巾往头上一勒，嘴巴一瘪咕，模仿老太太颠着小脚，把那个刻薄、歹毒，变着法子刁难、折磨李二嫂的天不怕演得惟妙惟肖，看戏的都恨得牙痒痒；全剧终了，李二嫂毅然冲破重重阻力，离开了李家，和张小六幸福结合，天不怕一屁股"墩"在舞台上，大撒其泼，哭得呼天抢地，观众开心大笑！

孩子们则记住了杨姓盲人的几段唱段和对白，时间过了好久，还乐此不疲地模仿："你灯不点，门不关，你又到哪里去撒欢……"这是天不怕看到李二嫂屋子里黑灯瞎火，怀疑儿媳妇去和什么人有勾当的唱段，其实，李二嫂是参加村里识字班去了；"七啊，少喝，足62度！"天不怕开个小酒馆，远房侄子李七，游手好闲且贪杯，时而帮天不怕出歪主意破坏李二嫂和张小六的感情，还对李二嫂另有所图，每每来婶子家里蹭酒喝，天不怕看李七喝酒不要命，心疼自家的白酒，这样提醒他。调皮的孩子有时候听见谁家请客喝闲酒猜拳行令，就会伸着头大喊："七啊，少喝，足62度！"

大 殿 排 戏

"老槐树，槐树槐，槐树底下搭戏台，人家的闺女都来了，咱的闺女还没来……"50多年前的农村，特别是比较大的村子，几乎都有戏班子。戏班子里，演员、导演、伴奏，都是本村学校的公办、民办教师和有点文化的社员，其组织能力和表演水平，都不容小觑。我姥娘家在滨湖镇东古村，也是比较有名的大集镇，戏剧氛围历来比较浓厚。村子里不仅有戏班子，而且还有戏园子，记忆中的戏园子，是一个有固定戏台的大院子，有一朝东开的大车门，每年从大年初二开始，陆续有本村、外地的戏班子来这里唱戏。"文革"前古装戏居多，大戏团还要卖票，直到过了正月十五开始农忙为止。童年时候的我，则是其中小小的看客之一，依稀记得，有一次，我懵懵懂懂跑进了戏台后面的化妆室，不少演员正在忙着打脸（化妆），有一位女演员还轻声地问我是谁家的小孩。

戏剧文化，有比较强的地域性。以当时的滕县来说，中、东部多演柳琴戏，而西部沿湖一带，则多唱梆子戏，且以豫剧为主。东古村的豫剧，在当时的岗头公社，知名度比较高，主要得益于多年的戏剧文化的积淀和传承，且村里重视。1970年前后，东古村每年都要排演一两出豫剧现代戏。排戏的场地，就在当时的清真寺，被老百姓称为大殿的地方。大殿坐西朝东，里面空间很大，可惜后来拆掉了。戏班子的演员，主要来自各个生产队，排戏演戏都有工分报酬。春节没到，戏班子排练就开始了，全部集合在大殿里，先是各自熟悉背诵唱词、对白，然后练习唱腔及舞台动作。印象最深的，是一位叫邵泽坦的本村导演，说话高声大气，脸上有几颗麻点，虽然文化不高，却是戏班子的领军人物。唱腔、动作及人物表情设计，基本都是出自他一个人。有时候亲自给演员做示范，"咚咚……锵锵……八、大、哚……"边模仿打击乐的声音、节奏，边做示范动作。演员练习不到位，会反复敲打、批评，不留情面，大家都怕他，又很尊重他。现在看来，邵泽坦应该是一位具有专业水平和敬业精神的庄户导演，就是导演专业剧团也不逊色。

那几年，东古村的戏班子先后排演了情景剧《一块血染的银元》（根据初中语文课本《一块银元》改编），豫剧《红灯记》《龙江颂》《杜鹃山》等剧目，每年春节后演出，吸引了十里八村的百姓观看，场场爆满，还出乡去外地演出，同样受到欢迎。

"舀碗孙庆兰"

滕州西部，年纪在八十岁以上的老人，听到孙庆兰这个名字，都不会陌生。多少年前，对于滕西大坞一带的豫剧戏迷来说，孙庆兰是一个如雷贯耳的存在。

孙庆兰出身豫剧梨园世家，工青衣，中华人民共和国成立前就很有名气了。不仅扮相俊美，唱腔也引人入胜，音质高亢有力，吐字清晰，风格质朴无华，很有艺术感染力。数十年的舞台生涯中，她出演过旦行的许多剧目。梨园世界里，一个剧团能够生存，都是靠"角儿"（戏曲行内对演员的尊称）来支撑，某种意义上说，"角儿"就是剧团的台柱子，就是剧团的灵魂级人物。戏迷听戏看戏，主要是听"角儿"的唱腔，看"角儿"的表演。孙庆兰就是这样的"角儿"。

无论过去还是现在，只要是名演员，总少不了追星族，有的甚至会形成一个铁杆粉丝群体。孙庆兰也拥有这样的群体，孙庆兰到哪里演出，哪里都少不了如醉如痴的男女戏迷。大坞镇大坞村，原来是凫山县驻地，中心街北头丁字路稍偏西路北，有一大剧院，是20世纪50年代初期建设的凫山县戏院，孙庆兰剧团每次来此售票唱大戏，总有十里八乡的戏迷前去观看，可以一连演出好多场，好多天。据老人们叙述，当年大坞一带有顺口溜："三天不吃盐，也要看孙庆兰""孙庆兰不上台，白搭五分钱儿（当年的农村戏票票价五分钱）"，足见孙庆兰表演艺术对于普通劳动大众的吸引力。据说大坞附近的村子，有一位老头，因为喜爱孙庆兰的戏，心心念念，到了食不甘味的地步。有一天，光想着抓紧喝碗糊涂（稀饭），吃完饭去大坞看戏了，对儿媳妇说："恁嫂，给我舀碗孙庆兰！"这个传说，在大坞周边妇孺皆知。

孙庆兰后来成为滕县豫剧团的主要演员，并在豫剧团退休。20世纪80年代中后期，她居住在滕州市教育局院内最后一排豫剧团宿舍，与教育局几家年轻工作人员住一排，大家都非常敬重她，称呼她为孙姨。孙姨平时衣着整洁，甚少言语，但仍可透出老艺术家当年的气场和风采。后来听说移居海外了，若健在，老人家应该年近九旬了。

（本文分别登载于2021年3月《滕州精神家园》，2021年3月《滕州日报》，有改动）

诗意与时代

"戍鼓断人行，边秋一雁声。露从今夜白，月是故乡明。有弟皆分散，无家问死生。寄书长不达，况乃未休兵。"（唐·杜甫《月夜忆舍弟》）安史之乱时，杜甫长期过着颠沛流离、居无定所的生活，对于家乡的思念和对亲人的担忧，只能以诗表述情怀。愤怒出诗人，忧思更出诗人。诗中所表达的，何止是淡淡的乡愁，那是对骨肉同胞兄弟刻骨铭心的牵挂！因此，也就留下了"露从今夜白，月是故乡明"的千古名句。1000多年前的唐朝，是一个诗情迸发的时代。盛唐时期辽阔的疆域，强运的国力，为文学的高度发达提供了广阔的想象空间和坚实的物质基础。以李白、杜甫为代表的诗人群体灿若繁星，创造了中国文学史上一个无与伦比的高峰。那个时代，可以畅所欲"写"，所谓"故寂然凝虑，思接千载；悄焉动容，视通万里。吟咏之间，吐纳珠玉之声；眉睫之前，卷舒风云之色。"（刘勰《文心雕龙》）。没有主题先行，应该也没有领取稿酬、成名成家的利益驱动。每个诗人，都是自媒体，发表作品先在文学圈里传阅，好的诗歌逐渐流向社会。许多优秀的诗人，就是这样被发现和认可的，作品被竞相传抄、传诵，一时洛阳纸贵。

优秀诗人和优秀作品的产生，还有一个重要因素，就是那个年代封闭的农耕文化。因交通不便，有的读书人一辈子也可能未走出家门，仅凭书本和传说了解历史和外面的世界，所谓"秀才不出门，便知天下事"，便可心无旁骛地读书作诗；而另外一些读书人告别朋友、亲人，或京城赶考，或外地放官、谪迁，或他乡增长见识，"读万卷书，行万里路"。然而，一去乡关，前路漫漫，十年九载，音信杳无，如果中间遭逢战乱，就是生离死别。我们从唐代诗人的诗作可以看出，最打动人心的诗篇，往往是那些送别诗，如王勃的《送杜少甫之任蜀州》、李白的《送孟浩然之广陵》等；还有就是久别重逢的诗作，如杜甫的《赠卫八处士》、李益的《喜逢外弟又言别》等。分别，意味着以后难以重逢；而重逢，又是那样的意外惊喜，以至于成为人生的一件大事、喜事。

设想一下，如果现代科技出现在1000多年前的唐朝，整个大唐以长安为中心，高铁纵横，网络发达，还会产生那么多优秀的诗人吗？李白大概写不出"孤帆远影碧空尽，唯见长江天际流"了，因为无须为老朋友的行程担忧；杜甫也不会发出"人生不相见，动如参与商""昔别君未婚，儿女忽成行"的感叹了。因为有了便捷的交通和通信条件，想朋友了，坐高铁去，酒足饭饱，朝发夕回；生儿子或者女儿了，拍几张照片，发个朋友圈，一切都会被朋友知道。

诗意不仅是一种才华，更是一种情怀。科技发达给我们提供了意想不到的方便，现在的人们，只要经济条件允许，可以无拘无束地生活，来一次说走就走的旅行，做自己所喜欢的任何事情。然而，无处不在的网络，左右了人们的思维，限制了人们的想象，颠覆着人们的传统行为方式，只能说，一个时代有一个时代的文学形式。

（本文登载于2018年9月《济宁晚报》，有改动）

小议孔乙己

　　提到孔乙己，大家都不陌生，他在中国现代社会的知名度，可以说仅次于孔老夫子。他是鲁迅小说《孔乙己》里的主人公，是鲁镇咸亨酒店里"站着喝酒而穿长衫的唯一的人"。这个艺术形象如此深入人心，是因为初中语文课本里，《孔乙己》作为传统课文，六七十年来影响了几代人。孔乙己站着喝酒，说明其社会地位低下；穿长衫，说明孔乙己自认为还是读书人的身份，放不下架子，尽管穷困潦倒。

　　记得当年老师给我们讲解这篇课文的时候，把孔乙己受侮辱受损害的命运，归于当时的社会制度。其实，孔乙己这样的人，任何社会都有——揣着一肚子学问，找不到吃饭的地方，还时不时遭到周围人的冷嘲热讽。我更愿意相信，小说表现的是当时社会环境的冷漠以及无知的人们对于知识和知识分子的轻视。手无缚鸡之力的读书人，如果有个适合其职业特长的营生，断不至于像孔乙己那样好吃懒做、偶尔做些偷窃的事。并且，孔乙己也不是蒙面入室抢劫的江洋大盗，只是窃书。我猜想，作为一个读书人，孔乙己大概也患有知识饥渴症，没有多余的钱买书，有时候去阔人家帮忙抄书写字，偷偷顺走几本，回家读读，没有饭吃的时候，卖了换酒喝。但一不留神，撞上了丁举人，被打折了腿。

　　其实，小说里的孔乙己，可以算个饱学之士。孔乙己原来也读过书，但终于没有进学（中秀才），估计只是个童生，但科举时代，童生是读书人考取功名的第一个学位，远比现在的重点高中难考。据有关资料，作为童生，除具备扎实的古文化功底外，最需要掌握的一门考试基本功就是写字。科举考试是非常注重门面学问的，不能写错字，不能写随意而为的字体，必须用官方规定的标准字体，就是恭楷书写的馆阁体。要求字体端正整齐，大小一律，每个字就如流水线下来的印刷体一样。要写一手合格的馆阁体，不狠下几年苦功根本不可能。孔乙己能写一笔好字，能入丁举人之流的法眼混口饭吃，没有书写上的两把刷子是不可能的。

　　当然也会有人说孔乙己学了一些无用的知识。试问，大千世界，芸芸众生，何种知识有用，何类人等无用？一个知道茴香豆的"茴"字有四种写法的人，现在多吗？孔乙己说话引人发笑，满口"之乎者也"，主要是语言环境的错位。

　　　　　　　　　　　　　　（本文登载于2015年1月《滕州日报》，有改动）

静女之约

　　两千多年前先秦时期的爱情，也是很浪漫很有趣的。《诗经》之《国风·邶风·静女》："静女其姝，俟我于城隅。爱而不见，搔首踟蹰。静女其娈，贻我彤管。彤管有炜，说怿女美。自牧归荑，洵美且异，匪女之为美，美人之贻。"夜色渐浓，城墙一角，灯火阑珊处，挺拔俊朗的小伙子应约与心爱的姑娘静女幽会，可是，提前来到的静女却调皮地躲起了迷藏，急得小伙子抓耳挠腮，不知所措。临别的时候，静女赠送给小伙子彩色的彤管（红色有茎的花草）、柔嫩的白茅草，小伙子小心翼翼珍藏起来，因为这是美人之贻，姑娘的定情信物，礼轻情重，意义非凡。

　　先秦西周时期去古不远，许多部族和地区在不同程度上还保留着氏族乃至夏商时期的一些婚姻习俗，其男女交往大致经历了相对宽松到逐渐森严的变化过程。《周礼·地官司徒·媒氏》载："仲春之月，令会男女，于是时也，奔者不禁。"仲春二月应是官方组织的情人节，虽然一个"令"字，带有某种强制的色彩，但统治者制定的这个制度，客观上为未婚男女交往，提供了很好的法理依据，且年初岁首，农闲时节，少男少女，钟情怀春，对对歌谣，谈谈恋爱，若两者相悦，情定终身，也体现了统治者使民以时的治国理念。由此可见，那个时期国家对于青年男女的自由恋爱和私奔，并不禁止，平民的婚姻还是相当自由的。《诗经》里也有许多反映民间男女自由恋爱的诗篇，也就不足为奇了。

"饥者歌其食，劳者歌其事。"文学是人学，塑造人物形象，反映社会生活，好的文学作品，往往揭示人性中共有的美好的东西。《国风·邶风·静女》的无名氏作者，经历见证过那个时代，或许就是诗歌里的主人公，故写得情节生动，画风传神，以至于今天的我们读起来还能引起共鸣，浮想联翩，心有戚戚。通过阅读《诗经》，我们还发现了一个有趣的现象，就是表现女子主动大胆追求爱情的内容，占了很大的篇幅。那个时代，固然已经有了专门为女子制定的不平等礼教，但还没有发展到后世朝代极其严苛的清规戒律，情感狂野奔放的女子，敢爱敢恨，可以毫不顾忌地把对情人的心里话和思念之情，大胆地说出来，大声地唱出来。

"子惠思我，褰裳涉溱。子不我思，岂无他人？狂童之狂也且！子惠思我，褰裳涉洧。子不我思，岂无他士？狂童之狂也且！"（《国风·郑风·褰裳》）这是女子对所钟爱男子的戏谑之词，女主人公伶牙俐齿，性格开朗，声音神情，活见诗中大意：你如果爱我想念我，赶快提衣蹚过溱河、洧河。你要是不想念我，别以为就没有别人爱我！你呀，你真是个傻得不能再傻的傻小子！相信有这样性格的女孩子，即使失恋了，也一定会把悲伤甩给旷野，把微笑留给自己，一觉醒来，依然是阳光灿烂的美好世界。

热恋中的青年男女，发生了小的摩擦和误解，男孩子故意不理会那可爱的姑娘，致使姑娘心烦意乱，忧思随之而来——"彼狡童兮，不与我言兮。维子之故，使我不能餐兮。彼狡童兮，不与我食兮。维子之故，使我不能息兮。"（《国风·郑风·狡童》）那个狡猾的小伙子，为何不和我说话？都是因你的缘故，使我饭也吃不下。那个滑头的小伙子，为何不与我共餐？都是因你的缘故，使我觉也睡不安。恋爱心理，古人今人，应无二致。一个多情的姑娘，生活中最艰巨的任务就是反复证实小伙子的爱情是否专一，因而，恋爱中的姑娘永远没有精神的安宁。对方一个异常的表情，会激起她心中的涟漪；对方一个失爱的举动，更会使她痛苦无比，寝食难安。情之所至，莫过于此。

远古时代，农耕经济，生产力低下，爱情婚姻附加的东西要比现在少多了，那个时代的痴情男女，甚至可以说是"恋爱至上"，不会讲究过高的物质条件，不会在乎对方有多大的房子和多少头牛羊。《诗经》里的恋人们，互赠的礼物，也非常简单，比如静女赠送小伙子的，只是一支彤管和一株白茅草，小伙子依然当成最珍贵的礼物珍藏起来。恋人们互赠礼物，似循投桃报李的传统，你敬我一尺，我敬你一丈，而不是一方向另一方无原则、无休止地索取。"投我以木桃，报之以琼瑶。匪报也，永以为好也！"（《国风·卫风·木瓜》）这样无私奉献的情感交融，对于当今的爱情婚姻，依然有很好的借鉴意义。

（本文分别登载于2020年2月《济宁文学》，2020年5月《滕州日报》，有改动）

丐亦有道"莲花落"

网络上流传着不少视频，都是身着乞丐装、打着鸳鸯板说"莲花落"讨钱的。

"莲花落"，是乞丐乞讨常用的一种说唱艺术，广泛流传于苏北、安徽、河南、山东等地。唱莲花落的乞丐，俗称"叫花子"，也叫"打花相"。身穿百衲衣，戴着破毡帽，蓬头垢面，一手拿着呱哒简子（用五片窄竹片串做而成，用铜钱隔开，发音清脆），一手拿着带响铃的牛板骨，或者两片厚竹板做的呱嗒板子，打起来节奏感很强，有的也用鸳鸯板或者大碗片。说唱者随机应变，出口成章，见嘛说嘛，花样频出，多用方言俚语，诙谐幽默。有的放大个人的苦难，见人奉承夸赞；也有的讽刺社会现象，或者劝人向善。唱词押韵合辙，但通俗易懂。无论怎么唱，唱什么，都以乞讨钱物为目的。

莲花落是名副其实的草根艺术，多少年来，它是社会最底层穷苦人谋生计的一种手段，唱莲花落的被主流社会视为下九流，未曾登上大雅之堂，其地位比贩夫走卒还低了许多。每一个说唱莲花落的乞丐，都有一段段辛酸、屈辱的血泪史，带给人们的只是含泪的微笑。

莲花落表演的舞台，一是赶门，就是挨家上门讨饭。每当庄稼人开始吃饭的时候，打花相的往往不请自来："来得巧，来得妙，大娘吃饭我来到。大爷大娘好心肠，伸出手来帮帮忙，吃不饱，穿不暖，孩子哭，老婆喊，苦日子，真可怜，熬过今年没明年。"多少年前，农村人也穷，多是给一块地瓜干煎饼或一勺糊涂（稀饭）打发了事；二是叫街，就是去集贸市场讨钱。来到店铺前："来得巧，来得妙，你发财，我来到。恭喜老哥发大财，你不发财我不来。"看到卖菜的："竹板一打哗啦啦，卖大葱的头一家。你这个葱，是好葱，一头白，一头青，一头实在一头空，还有葱胡子闹哄哄，给俺一毛（钱）中不中？"看卖菜的不给："老大娘，吃得胖，一看就是有福的样，大眼睛，双眼皮，一看还是善良的人，叫俺大娘动动手，给俺一毛我就走。"等卖菜的给了钱："一毛钱，递过来，不耽误大娘你发财，一毛钱，猛一扔，大娘赛过那穆桂英，永远越活越年轻！"卖菜的花一毛钱，讨了个口彩。

摆摊的大都是小本生意，想给点别的，比如给把韭菜，但打花相的态度坚决："给我韭菜我不要，没有老婆没有灶，没有老婆光棍汉，都给韭菜咋做饭？"长期跑江湖，打花相的大都练就了一副伶牙俐齿、钢嘴铁舌。遇着态度不好的摊主或无良商家的辱骂呵斥，他们也会巧接话茬，随口还击，只是骂得刁钻，骂得艺术，骂得店家恼羞成怒，挨顿暴打是免不了的。在旧社会，打花相的遇到了吝啬的主，还会自残，搞点苦肉计，像长篇小说《破晓记》里的伪排长杨大肚子那样，拿小刀往头皮或肚皮上一划，卖货的怕出大事，赶紧掏钱。这样一个集市下来，钱没要多少，叫花子已是面目全非。

莲花落虽然起源于社会最底层，但其语言艺术有着顽强、旺盛的生命力，许多当代的曲艺，如相声、快板、山东快书、坠子等，都从中汲取了丰富的营养。随着社会的发展进步和人民生活水平的普遍提高，唱莲花落乞讨的人已大为减少，而这门艺术也濒临消亡，有民间艺人自觉或不自觉地担当起传承义务。有时，他们也会穿上行头，拿上呱嗒板，亮亮嗓子，招摇过市，但更应该将此看作是一种表演，如同一种行为艺术。在这里，乞讨成了形式，说唱成了目的。他们与传统意义上的乞丐已有了本质上的区别。

莲花落经过民间艺人的加工创造，被赋予了新的内容，宣传真善美，针砭假恶丑，弘扬正能量，成为鼓舞人们上进的一种艺术形式。而艺人们也借助于传承与创新，通过传统和高科技的信息传播途径，改变了以前跑江湖的窘迫状况，实现了自己的人生价值。

（本文登载于2015年5月《滕州日报》，有改动）

铁肩担义　妙手属文

——《礼轩集》

族兄修典先生，字礼轩，号鸣泉、一丁居士。1941年10月9日出生于滕西小坞村一传统耕读之家。滕州市大坞农机站原站长，工程师、著名民俗学者、山东省书法家协会会员，中华段氏通谱顾问，古滕段氏七修谱主编。小坞隶属古滕，地近邹鲁，几百年来，鲁南一带即有"大坞张，小坞段，和福杨"之说。明清之际，小坞段氏科第考选才高学博者甚众，文脉传承，才俊辈出。在这样家学渊源、文风浓郁的环境熏陶滋养下，修典先生求知敏学，健康成长，随后离开家乡，走向社会，融入国家建设和发展的洪流之中。自工作以来至今，60多年漫长的岁月里，修典先生坚持终身学习的理念，兀兀穷年，孜孜以求，潜心于民俗，醉心于书法，痴心于丹青，笔耕不辍，临池不止，博采众长，终为成就显著的学者和书家。《礼轩集》正是在这样的时代背景和文化积淀基础上写就编辑而成的。

《礼轩集·筚路蓝缕》开篇，以诸多笔记体片段，真实还原了修典先生的人生经历与家庭变迁。无论是衣冠古风，箫鼓春社，还是农家腊酒，丰年鸡豚，在平实无华的语言叙述中，让我们看到了峥嵘岁月里，修典先生的成长奋斗史，也让我们看到了一部浓缩了的家庭与社会的演进发展史。由于修典先生出生于民国，对于战乱虽着墨不多，依然让人们感受到战争的恐怖，和平安宁生活的弥足珍贵；《夕阳杂谈》则整理辑录了历史掌故与传说，作者和文友以及段氏族贤的诗文、通信等，是微型的小百科全书；《文传碑志》主要收录了古滕段氏家族谱牒资料、墓志、碑文，修典先生亲自撰写并发表或辑录的祝文、家传、考证文献及讲座文章等。作为段氏族贤，修典先生古文功底深厚，致力于家族事务，是族谱续修、先祖事迹考证等方面的公认权威；《一丁书画》精选了修典先生近年来的部分书画作品。水墨飘洒俊逸、物像丰富、意境高远，工笔构图严谨、笔法细腻、形象逼真，隶篆秦风汉骨、古拙质朴、法度有致；《岁月留痕》主要收录了修典先生与老伴马桂英女士从青年到老年各个时期的照片以及全家福合影，图文并茂，值得珍藏，是家庭历史的真实写照，更是留给子孙后代的宝贵财富。

一部《礼轩集》，记录了修典先生栉风沐雨的人生历练，启迪后昆的向善箴言；蕴含着修典先生知足知福的感恩之心，奉献担当的家国情怀。它是修典先生知识才艺的累积升华和集中展示。修典先生如今古稀之年，与夫人半个多世纪相濡以沫，风雨携手，成就了一个家风淳厚、学风端正的大家庭。子孙皆学有所成，恪守本职，屡创佳绩。子孝孙贤，其乐融融，已是四世同堂。即使这样，修典先生仍未封笔告老，颐养天年，依然坚持去老年大学学习，参加各类文化书法研讨班，不断完善提高自我。"夫学须静也，才须学也。非学无以广才，非志无以成学。"（诸葛亮《诫子书》）修典先生能够在学术、书法、绘画等方面有如此造诣，直接得益于本人对知识如饥似渴的追求，得益于本人秉烛而学的坚定毅力。古人讲求学习在于"经世致用"，而对于修典先生来说，学习就是个人的爱好，没有任何的功利目的所在，完全是自觉的行为。修典先生的好学精神与所取得的成就，是值得包括我本人在内的后学者认真仿效和学习的。

　　承蒙族兄厚爱，得以先睹《礼轩集》文稿。领奉兄之成命，有感而发，虽言不及义，忝列于卷首，勉为序。

　　　　　　　　　　（本文系《礼轩集》代序，2018年夏写于滕州）

为乡言寻"根"

——《乡言证古》简评

几十年前，山东省著名滕州籍作家侯贺林先生创作的《女子世界》等短篇小说集成，在文学界引起了很大的轰动和反响，小说语言口语化，多涉及滕州及鲁南地区的方言俚语（土语），情节生动，包罗万象，读之备感亲切。但学有专长，术有专攻，文学大师不可能同时也是文字学家，有时候遇到实在难以确证的土语用词，侯先生只好以汉语拼音或同音字替代，应似不得已而为之。相信如果侯先生现在再创作类似风格和题材的作品，可能要省却不少时间和精力了，因为近年来有不少热爱本土语言文化的地方文化学者，专门收集和探究滕州及周边地区方言俚语和源流，取得了较为丰硕的成果，相继有不少专著出版问世，深受广大语言爱好者的欢迎，也引起了有关专家学者的关注。近期由滕州市善国文化研究会统一编辑、中国文史出版社印刷出版的段修安的《乡言证古》，即是其中专著之一。

滕州方言属于比较特殊的方言，被语言学家划分到中原官话蔡鲁片，滕州、山亭及微山中南部、邹城南部等地，方言用词及发音比较接近；枣庄，徐州市区及丰、沛县，安徽北部萧县，湖西鱼台等济宁周边地区与滕州本地方言用词差别不大，但发音稍异。语言的三要素包括语音、词汇和语法，方言属于土话，是特定地方的固定人群交际所使用的特定语言符号，这种语言符号往往会形成一种语言交际圈子，圈子里的人可以心照不宣无拘无束地无障碍交流。这些特殊词汇，包括一些常用语句、歇后语等，与独具特色的语音、语法等构成了方言的主体。方言是古语的遗存，是语言的活化石，有些是读音发生很大改变（转读）的古文字，每一条方言俚语，都可在古代典籍里找到对应的汉字。

段修安的《乡言证古》一书，就是着重于对以滕州为中心的方言俚语本字（词）的考证，但他并不限于俚语范畴，将普通话之外的乡民用词一并记之，考证多据"字书"之言，或引经史子集之义，或辅以白话小说之语，旁征博引，条分缕析，为古今读音搭桥，为乡言俚语"寻根"，是一部考据翔实，论证严密，集知识性、趣味性于一体的乡言俚语小百科全书。全书共录入俚语字词共3700余条，包含俚语词条、变音字和附录词条等，共34万多字。全书参考引用《尔雅》《说文解字》《广韵》《释名》《康熙字典》《章太炎全集·新方言》《汉语大字典》《汉语大词典》等多部古近现代字书典籍；参考引用了《金瓶梅词话》《醒世姻缘传》《聊斋俚曲集》《毛诗（经）古音考》等明清白话小说、俚曲集及近现代有关字词校注著作；另外还参考引用《史记》《汉书》《三国志》及《三国演义》《西游记》《水浒传》《红楼梦》等史文名著，显示了作者比较渊博的知识积累和灵活的典籍运用能力。

滕州方言是地方俚语的富矿区，有些语汇及其意义都是比较特殊的存在，在对于每一条方言俚语本字（词）的探究阐释过程中，修安多采用引证、互证的方式，说明其字形、读音及意义上的演进变化，力求结论的准确无误。对于部分方言词汇，还将其所包含的具有本地特色的典故、风俗、礼仪等元素详细解释，给予读者一种全新的知识阅读感受。平时人们经常说而写不出来或写不正确的方言俚语，基本都可在本书找到对应的本字（词）。

　　方言是一种独特的民族文化，每一个地方都有自己独特的方言，它传承千年，蕴藏着丰厚的地域文化信息。近年来，由于普通话的强势影响，加之大多数家庭注重营造对子女的普通话熏陶氛围，如今滕州本地的少年儿童和青年人很少能够听得懂、讲得出纯正的滕州方言了。以科学严谨的态度收集整理滕州及其周边地区的方言俚语词汇，是保留传承语言文化遗产的正当而必要的举措。段修安作为一位85后年轻学者，研究十数载，耐得住寂寞，顶得住压力，孜孜矻矻，焚膏继晷，初成方言研究学术正果，的确体现了一种自觉的责任担当。语言包括方言俚语是一种社会现象，自然会随着社会的发展而发展，也会随着社会的发展而改变或者沉滞，现在的文章、文集，几百年后也可能成了古代典籍，一些关键的字词也许要借助那个时代的专家学者旁征博引予以考证辨讹，如同我们今天借助于工具书和学者的注释看懂以前的典籍一样。段修安等擅长此道的地方文化专家学者们，借助于书籍、网络等载体，事实上做出了功在当今，利在后世的奉献。

　　（本文登载于2020年9月善国文化公众号，2020年10月《滕州日报》，有改动）

家国挚情　妙笔华章

——《悠悠故乡愁》

时序金秋，丰收在望。我市地方文化学者张玉川先生作品集《悠悠故乡愁》，经过著者及其子女、亲友的精心编辑，即将付梓成书。《悠悠故乡愁》是玉川先生40余载尤其是近年来笔耕墨耘的集萃总结，我作为和玉川先生相识几十年的知心好友，为先生的佳作成书出版感到由衷的骄傲和自豪。这既是玉川先生奉献给广大乡邦文化爱好者的丰盛精神食粮，也是玉川先生人生旅途的又一重要里程碑。

玉川先生滕州大坞籍贯。大坞张氏为滕西望族，容城善国，书香有继；科第考选，才俊辈出。玉川先生自幼深得家族厚重文化熏染，弱冠即担任民师教书育人，可谓名播凫山、桃李满园。教学、生计及退休余暇，玉川先生勤勉缀文，奉献了一篇篇彰显着家国情怀、闪耀着时代光华的史传诗文。翻开《悠悠故乡愁》，品读着浸透了玉川先生心血和汗水的妙笔华章，心有戚戚，受教良多。

历史的记忆

　　玉川先生出生于1951年，国家几十年曲折发展的风雨历程，伴随了玉川先生的童年、少年和青年时期。在艰苦的环境中，玉川先生凭着小学时的勤奋好学和在母校滕县三中打下的高中文化基础，甫出校门再进校门，当了民办教师，走上三尺讲台；而壮年和中年适逢改革开放，因教学实绩突出，较早时间转正成为令人羡慕的拿国家工资的公办教师。玉川先生的作品，从1973年至今，时间跨度48年，真实叙写了亲身经历或知晓的家乡大坞的人和事，是乡村、家族历史的重要补白，是乡贤、族贤事迹的真传实录。

　　玉川先生笔下的人物，有的命途多舛，有的多才多艺，有的乐善好施，不少人物在大坞及周边十里八乡具有一定的知名度，玉川先生记叙家族历史及人物，考据翔实，文直事核，通过以小见大的表现手法，以平实无华的语言，通过对历史遗存的挖掘和人物事迹的描述，展示乡村及家族悠久辉煌的过去，讲述普通人家的喜怒哀乐和青年才俊的励志求学，再现那个年代的乡风民情，体现了玉川先生作为一位资深语文教师娴熟的文字驾驭能力和严谨的文章组织水平。

　　玉川先生大半生耕耘教坛，在回忆家乡教育时总是充满了自豪感、成就感，这是因为玉川先生是大坞教育事业的直接参与者、推动者。尤其是玉川先生和张国梁教授合作的《关于高潮农中的历史记忆》，激活了我早已尘封的青春记忆。1978年全国统一高考，大坞高潮农中青年教师张国梁、学生张杰师生同时考上大学，轰动了大坞及周边望庄、岗头、峄庄等公社，激励了大批有志青年刻苦学习，投身高考。而我本人也受此影响，毅然辞去民办教师职务，去滕县三中补习，最后有幸搭上了大学的末班车，走出了家乡。这应当感谢当年未曾谋面的张国梁、张杰先生，是他们使我坚定了高考的自信，最后实现了人生的梦想。

家风的礼赞

玉川先生的不少文章，在写到老家、家族的人和事的时候，向我们再现了那个年代淳朴的民风和温馨的家风。开茶馆、喜欢京剧的大老爷，养鸡持家的老母亲，看场、打麦、摇耧的老父亲，他们没有尊贵的职业，没有傲人的学历，但是，他们勤劳、善良、敦厚、正直，阅尽世情冷暖，深谙做人真谛，他们是那个年代乡间劳动者出身的人生哲学家。

《老娘养鸡》写出了母亲的仁厚善良，《父亲看场》《摇耧手》《父亲在麦场》则写出了父亲的无私正直，看似平实地写人叙事，却蕴含着玉川先生对早已过世的父母的深深眷念。而《父母墓前诉衷肠》一文，淋漓尽致地表现出玉川先生对于父母的那种子欲养而亲不待，抱恨终天、无法释怀的人生遗憾，读之令人潸然泪下。

正是先辈和父母亲的优秀品质的影响，才有了《一张老床的故事》，向我们讲述了在那个物资匮乏的艰苦年代，玉川先生一家父（母）慈子孝、兄友弟恭的令人唏嘘的亲情故事。一张百年老床，见证了岁月的更迭，风云的变幻，承载了几代人的酸甜苦辣，赓续了和谐家庭的谦让家风，好的家风薪火相传，才有了《难忘西安之旅》《一则日记的故事》《一份特殊的生日礼物》等展现后辈们拳拳爱心和孝心的感人故事。

在优良家风的熏陶下，玉川先生兄弟四人，几十年来团结友善，互相帮持，在不同的岗位上勤奋努力，收获了事业和家庭的丰硕成果，对社会和家族公益事务热心奉献，其为人处世，在家乡和单位有口皆碑，成为大坞张氏家族的骄傲。玉川先生对良好家风的如实记载和礼赞，是奉献给读者如何处理好家庭关系的最好教材，更是玉川先生留给后世子孙的宝贵精神财富。

乡愁的寄托

　　每一位传统的中国人都有浓烈的乡土情结。中国台湾的著名作家余光中先生如此，我们普通人也是如此。享誉中外的著名滕州籍书画家、作家王学仲先生有诗："日日梦乡关，荆河绕廓弯。风光何处好，还是旧家山。"这是王学仲先生乡愁的真情抒发。大坞是玉川先生生于斯、长于斯、工作于斯的地方，在玉川先生笔下，老家的家祠、古槐、莲坑、小河都成了乡愁的寄托，都被赋予了神韵和灵气，表现出傲然的生命张力。

　　张氏家祠凝结着大坞张氏家族的辉煌历史，是大坞张族人的精神家园，而参天古槐则是家族历史的直接见证，玉川先生总是不吝笔墨，在《古树心语》《家祠古槐与"大学"》《"大坞张之歌"诞生记》里对此给予多方位的描摹和颂赞。家国情怀是中国优秀传统文化的基本内涵之一，乡愁则是家国情怀的有机组成。一个不爱家人，不爱家乡的人，也不可能真正爱国。什么是乡愁，什么是家国情怀，玉川先生的作品，给我们做了最好的诠释。

　　现在，玉川先生和夫人一起，早已搬到市区和子女一起生活，住上了窗明几净、冬暖夏凉的高档商品房。苏轼有云："此心安处是吾乡。"看着子女后辈成才，享受着含饴弄孙的天伦之乐，玉川先生大概心安了，但是，每年的一定时节，玉川先生总要陪夫人回老家住上几天，住在临街的新家，聆听着窗外集市的叫卖声、喧闹声，喝一碗粥缸的白粥，晚上睡在那张百年老床上，心里就踏实了。我想，回老家，看似很简单的出行，应该是玉川先生在唤醒、重温那埋藏在心底深处的乡愁。

作文贵在情真，唯有真情方可感人。只有走进作品，方可走进作者心灵。《悠悠故乡愁》清新如水的文字里，渗透着玉川先生对于家乡的无限热爱，对于先祖、父母的永远怀念之情。留住了乡愁，就是留住了历史，留住了记忆，留住了家风！从这个层面说，玉川先生的作品，已经超越了自我，超越了家庭和家族，所有的阅读者，都可以从中获得不同的领悟和教益。

近年来，玉川先生的闲暇时间多了，写作进入了一个爆发期，经常有佳作见诸报端和微信公众号，深受读者欢迎。赤子之心、感恩情怀，是玉川先生作品的最大特色，他的作品，充溢着对于国家、时代和家人的感恩之情。革命人永远是年轻，有信仰，有追求，恪守初心的文化人亦是如此。我个人以为，这应该得益于玉川先生秉持终身学习的理念，常年笔耕不辍，虽退休却老有所为，老有所乐。行远自迩，笃行不息，正是玉川先生自身践行了这样的君子之道，方能收获如此丰厚的文学成果。衷心祝愿在今后的岁月里，玉川先生给我们奉献更多佳作。

（本文系《悠悠故乡愁》代序，2021年中秋写于滕州）

鸟儿问答

"广广哚夫……"

初夏五月，麦子黄梢，"广广哚夫"（四声杜鹃）总是不期而至，昼夜声声，像一位恪尽职守的生产队长，催促农人提早准备，夏种、夏收、夏管，一直到麦收结束，任务基本完成。

"广广哚夫！"

"你待（在）哪府？"

"我待（在）家后。"

"你吃什么？"

"我吃大肉。"

"大肉香不？"

"不香不吃！"

做饭的时候，一边切着菜，一边听着小区后边绿化带树林里广广哚夫的叫声。我不能出声呼应它，否则，会被家人视为精神、行为不正常，毕竟这么大年纪了，只能在心里与"广广哚夫"默默对话，它与我好像心有灵犀，我心里问一句，它响亮地回答一句，对答如流。

"广广哚夫"回答问话，显得非常自信，不香不吃——"广广哚夫"

对吃的要求，其实就是挑剔了，其优越感，使问话者有些底气不足。

再问，也就没意思了，无话可问。

童年的时候信以为真，总是傻呆呆虔诚地对着天空和树林，与"广广哚夫"对话，缺肉吃的年代，很羡慕"广广哚夫"的生活——我吃大肉。

麦收结束了，"广广哚夫"也该飞往别的地方与别的人们对话了。不知道在那些地方会有什么样的对话内容，但每句四个音节肯定少不了，这种鸟儿给丰收带来的希望肯定少不了。

"羊 胡 子"

　　20世纪五六十年代，滕州一带农村的小男孩，有不少都留着"羊胡子"。

　　几岁的男孩剃头的时候，如果家长要求留"羊胡子"，剃头匠会给小孩留下后脑勺的那小片毛发。用不了半年，毛发慢慢长成一绺，像青山羊下巴颏生长的胡子，故名"羊胡子"。有的男孩不仅留"羊胡子"，还在前额囟子处横向留一片头发，俗称"月牙"，还有的在头顶也留一撮头发，俗称"怪毛"。

　　男孩一旦留了"羊胡子"，剃头匠给剃头的时候一般尽量不修剪，任凭生长，有男孩玩耍跑动的时候，长长的羊胡子会随风飘起来，像海军士兵帽子后的飘带，也有小孩的"羊胡子"被当娘的编成发辫，一摇头晃脑，辫子会随之摆动。当然，顽童打架的时候，"羊胡子"也最有可能成为攻击目标，被对方小伙伴紧紧揪住不放。

　　我孩童时期就是属于留"羊胡子"的那个小群体。

　　男孩留"羊胡子"，不知始于哪朝哪代，但这个习俗应该在旧中国时期的滕州及其周边的城乡是普遍存在的，其他地方可能也有。那时候，人们多认为男孩子不好养活，相信留"羊胡子"可能有避邪、祛灾的功用。给孩子的脑袋瓜上留个"揪手"，祈求孩子快快长大，健康成人。这个习俗一直延续到20世纪五六十年代。

我是家里的长孙。我的出生，无疑给家里带来了莫大的欢欣和希望。据母亲说，当年爷爷花大钱给我打了银手镯和银脚镯。最高兴的当属封建思想浓厚的奶奶，仿照娘家在汉口飞机场做事的一个亲戚的小名，给我起了个和那位亲戚一样的女孩子的乳名，说是盼着我长大了有出息、挣大钱。所以，给我留"羊胡子"自然就是顺理成章的事了。

模糊记得有一次我大老爷（祖父的哥）给我剃头——大老爷有给孙子辈剃头的特长和喜好，我从小护头，不喜欢剃头，在我的哭喊声中，娘把我摁在凳子上，大老爷才好不容易给我剃完了头。剃完头以后不多久，大舅步行20多里路赶来了一只公山羊。据此推知，应该就是大老爷这次给我剃头留了"羊胡子"。按照我们老家的规矩，男孩留了"羊胡子"，姥娘（姥姥）家无论穷富，要给外孙送羊。我的"羊胡子"就是无声的广而告之，爷爷和姥娘知道后，立即派遣大舅送来了喜羊。

大舅送来的是一只青色的公山羊。羊个头不大，但看起来矫健、壮实，羊头上长有两只灰色的羊角，上面系着红布条，大概是有吉祥喜庆的意思吧，下巴颏长着一绺胡子，还有两个好看的小肉铃铛。

年幼的我不知道公山羊与我的"羊胡子"有什么关联，只是，对于这个远道而来的玩伴颇感新奇，每天总是拿青草喂它，一厢情愿地想着亲近它。但这个家伙似乎不领情，对我十分不友好，有一次我牵着它想到外边玩，谁知道一出羊圈，它没命似的往前跑，直到把我拽倒在地上。这天早上，我又偷偷跑到羊圈跟前看望这个让我又爱又怕的"老伙计"，谁知刚打开圈门，这个家伙突然从羊圈里窜出来，对着我"腾"地就是一角！把我抵得仰面朝天，杀猪似的大哭，腿根子肿了好几天。从此以后，我一看到这个家伙，就胆战心惊，避之不及，与之彻底绝交。

"羊胡子"似乎并没有给我带来健康和好运，年幼的我身体孱弱，时常和医院、诊所打交道，记忆中，不仅有护士打针时屁股的疼痛，还有被奶奶和母亲灌中药的恐怖。姥娘送羊的第三个年头，我小便发黄，老是看不好，姥爷虽然是中医先生，然而恪守医不自医的医道，很少亲自给外孙看病。父母带着我看了西医看中医，为了看病筹钱，最后不得已，父亲领着我赶韩庄集，把那只公山羊卖了，然后把我领到集头的一家诊所里看病。

坐诊的中医先生，是一位留着山羊胡子的和善的老头，后来知道，他是我老家有名的中医，我称呼老老爷的王兆建先生。王先生给我看了病，开了单方，叫父亲抓了一副"茶叶"（中药）。回到家，奶奶和母亲恩威并用，想尽千方百计给我灌药。喝了这副"茶叶"以后没多久，我的病竟然全好了。姥娘家送的这只我又爱又怕的公山羊，竟然为我的健康成长做了一次无私的、至关重要的奉献。

我成长，"羊胡子"也伴随我的年龄逐年变长。在上学的前一年，终于要和"羊胡子"说再见了。据说，"羊胡子"要等着有女人打架时才可以剪掉。但女人打架这等事，概率太小，可遇而不可求。我的运气实在不差，有一天傍黑，我正在家里玩耍，忽见我娘快步来到家里，一手拿着剪子，拽着我就往街上飞跑，原来是大奶奶和二奶奶妯娌俩，不知道因为什么，打起来了！

我娘拉着我跑到了她们打架的那里，大奶奶不讲武德，咆哮着谁也听不懂的滁州方言，正薅住二奶奶的发髻，把二奶奶摁在地上，一大拨人忙着劝架、拉架，一小拨人围观我娘给我剪"羊胡子"。说时迟，那时快，那边"激战"正酣的档口，我娘咔嚓咔嚓两剪子，为我遮风挡雨好几年的"羊胡子"顿时与我分家！我的后脑勺立时感觉空荡荡的，有好长一段时间都觉得脖子透风。

按照迷信说法，"羊胡子"剪了不能随便丢弃，要等到秋天发大水，扔到家后的河里。我娘给我剪"羊胡子"那年，北界河刚挖好，初秋下暴雨发大水，在家里就听见村子后面北界河里"呜呜"的洪水声。雨停了，父亲领着我到了河边，只见满槽河水，浊浪翻滚，水面时而有上游的花生秧子和树枝漂过，父亲走到水边一扬手，把红布包着的"羊胡子"扔到了洪水里，猛地过来一个大浪，"羊胡子"不见了踪影，随着洪流向西漂去了微山湖。

　　告别了"羊胡子"，也就告别了无忧无虑的顽童时代，意味着我幼小的人生即将发生一次小小的蝶变。从此，我就成为一个背着书包上学堂的小学生了，开启了漫长的小学、中学、大学求学生涯，走上了一条道阻且长的人生奋斗之路。

　　若按以前的老规矩，我现在也到了蓄山羊胡子的年纪了。由"羊胡子"过渡到山羊胡子，大概率是一个漫长难挨的过程，须经几十年岁月风霜的磨砺、侵蚀，方可修成正果。只是随着社会潮流往前发展，人们的审美观念和生活习俗也在不断变化，很少有人再蓄山羊胡子了。试想，穿着西装，蹬着锃光瓦亮的皮鞋，下巴却挂着一蓬花白的山羊胡子，会给人们什么样的观感？

　　"羊胡子"作为我后脑勺曾经的标配，虽然与我作别已经快60年了，但存留在脑海里童年的印象并不会消失，它使我时时记起父母辈和先祖们对我的抚养和关爱，勉励自己好好活着，善待人生，向后辈接续传递爱心、亲情……

附：

张九韶先生点评《"羊胡子"》

在儿童头上剪出花样，即便在同一地区也有不同的图案。我家乡有的头顶上留"钻天猴儿"，有的前额留"马蹄盖儿"，后脑勺留有"猪尾巴"或"鸭尾儿"，有的两旁留有"羊角辫儿"。

这些动物从未"爬"到我头上，头剃得光光的成了童山秃岭。但我每次剃头都要大哭一场，原来娘为了省下理发钱不领我去镇上理发店，而是请手艺不精且使用老旧钝剪刀的剃头匠清理头发。尽管用热水烫头发多时，仍然钻心地疼，头皮常割出血口子。理发这种小事也要付出鲜血和眼泪，这就是我的童年！

段修桂的童年比我幸福多了，他留羊胡子还收到舅舅送来的青山羊。看来风俗也折射着不同的人生。

姥姥家送山羊的风俗很独特，从未听过，或许全国只有滕州这一小片有，我想送山羊这风俗带有祝福吉祥的含义吧！这独特的风俗大概消失几十年了，抢救性地写出来很有意义。

此篇如拉家常般娓娓道来，文字如行云流水般自然顺畅，且带有几分幽默谐趣，是一篇文质俱佳的好文章！

（张九韶，曲阜师范大学中文系毕业，济宁学院中文系教授，中国散文学会理事，山东省散文学会副会长）

我的初中时代

——这也是一代人的初中时代

一

　　1970年春天，我刚满12岁，跟着一帮比我大的同学（多是家族的堂叔、哥）到离家2公里外的两水泉小学走读上初中。各地取消了升学考试，学制缩短为小学5年，初中2年（由小学直升），高中2年，毕业升学时间调整为每年的寒假，改为推荐上学。

　　两水泉小学的初中集合了包括两水泉村三个大队和周边村三个大队的学生，数量可观。每天早晨天刚蒙蒙亮，还看不清路，我们就深一脚浅一脚地赶到学校上学。夏天遇到下暴雨，不能回家吃饭，学校没伙房，又不像现在的学生带着五花八门的零食饮料，只得饿肚子。学校条件虽然简陋，老师们文化和教学水平也参差不齐，但在那个特殊的时期，他们能够在艰苦的环境中把知识毫无保留地传授给学生，确实表现出了高度的敬业担当。教代数的王福典老师，教几何的曹继元老师，教物理的张瑞芝老师（已故），教学水平师生公认得好，改革开放以后，都成了当地的骨干教师，后来都陆续转成公办教师。但我们这些学生良莠不齐，太不争气，没有考试升学的压力，学习大多不用功。

校长胡士祥先生，坡西（湖西沛县）人，是一位非常慈祥的资深教育工作者，教我们政治课，擅长书法，经常辅导我们写毛笔字。

1971年寒假开学，学校新调来一对夫妻老师。男老师叫李坤，30岁左右，多才多艺，教我们语文、音乐兼班主任，李老师是济宁人，气宇轩昂，长得有些像现在唱歌的童安格；李老师夫人也姓李，好像比李老师小几岁，明眸皓齿，教小学音乐。李老师不仅语文教得好，唱歌也很棒，更了不起的是，李老师会弹脚踏风琴上音乐课！这对于孤陋寡闻的我们，真是有了向别的班级炫耀的资本！那时候正是唱新编革命历史歌曲（《大刀进行曲》《毕业歌》《到敌人后方去》《大路歌》等）的时候，李老师教我们学唱革命歌曲，用大风琴伴奏，令人耳目一新，这些歌曲，我至今还能张口就唱。李老师讲语文课，绘声绘色，引人入胜，但对于精彩的内容，严格要求我们背诵，不会背诵要"挨留"（放学后晚回家吃饭）。这对于习惯偷懒的我们，真是一个很大的压力，但慢慢就习惯了，逼着自己拼命地读书，到现在，李老师教的许多课文，比如《东方红的故事》《念奴娇·昆仑》《水调歌头·游泳》《黄泥冈》《冯婉贞胜英人于谢庄》《三元里抗英》等，依然记忆犹新，我仍可以背出其中的部分章节。

二

那时候，农村的娱乐活动少之又少，偶尔看一场电影，如同过大节。那时看的电影如《地雷战》《地道战》《鸡毛信》等，再后来，看到了《南征北战》，有一次竟然还看到了苏联早期故事片《列宁在1918》。在这部电影里，我们第一次看到了《天鹅湖》舞蹈，认识了高尔基、瓦西里、捷尔任斯基、斯维尔德洛夫诸同志，记住了瓦西里的经典台词"面包会有的，一切都会好起来的"，领略了列宁演讲的风采。为了多看场电影，我们跑遍了周边所有的村庄。放电影正片的时候，往往要放加演片，放得最多的是彩色木偶故事片《半夜鸡叫》，里面的地主周扒皮，为逼迫长工早起下地干活，累跑长工省工钱，半夜学鸡叫，诱使公鸡提前打鸣，叫长工设计痛打了一顿，颇有些黑色幽默。十几岁的我们，正是喜欢恶作剧的年龄，于是，学鸡叫风靡一时。学校附近有个老头，60多岁，矮瘦瘦的，脑袋大了些，光头，留着八字须，挂着拐棍，与周扒皮有点形似，我们放学的时候，只要看到老人在街上，都会不约而同地伸着脖子模仿公鸡"引吭高歌"，一时间"鸡鸣不已"，此起彼伏，弄得老人莫名其妙，一头雾水，而我们则是恶意的狂笑。偶尔还遇到说莲花落要饭的，我们会跟在后面看他们赶门要饭说快板。这些民间艺人，都是草根文艺的高手，唱词张口就来。有一次，我们邀请一位外地口音穿着比较讲究的说莲花落的人到我们村要饭，路上，叫他唱唱学生，他随口就唱：

> 从初中，升高中，
>
> 一直升到大学生，
>
> 你的学习中不中？

听他唱完，我们忽然沉默不语了。是呀，我们上学的目的和动力是什么？真是有些模糊，而上大学仿佛是一个遥不可及的传说。

除了少得可怜的娱乐活动外，另一个必不可少的爱好，就是射箭。少年时期的我们，总是精力过剩，不知疲倦，找点事干。到了冬天，野地里没有了庄稼，只剩麦田，一片平畴，这是玩射箭的好季节。到村里做白铁壶的工匠家，要一把三角形下脚料白铁片，用小锤在门枕石上反复敲打，不一会儿，一个尖尖的锥形箭头就做成功了，把箭头安到亭子（方言，高粱秸秆最上面一节）上，一支箭就做好了；也有用家槐的果实槐连豆子砸碎做箭头的，圆形的，比较安全，但"射程"比铁箭头差远了；再从家里的竹扫帚上

偷偷抽出粗的扫帚苗子，削去枝叶，两端系上麻线，绷紧，一个箭弓就做好了。然后，我们三五成群，似乎都成了飞卫、纪昌（古代善射者），全副武装，站在村南路边，对着150米外南林（家族的祖林）的杨树比赛射箭，虽然没有练成百步穿杨，但偶有射中树干者，还是一片欢呼。有时候与外村的打架，如果吃了亏，会恨乌及牛，拿着外村啃青的耕牛（也不一定就是那个村的）撒虎气（解恨）。拉开弓箭，在结了霜雪的麦地里把那些老实善良的老黄牛追得东奔西跑，直到箭头射到牛屁股上才善罢甘休。其"作恶"如此，不一而足。

三

我是班里年龄最小的学生，排位的时候，个子小，总把我排到最前面，和老师共用一张讲桌（教室没有讲台），讲桌比较宽，可以放开我的书包。由于偏科，除了语文、政治、历史课偶尔听讲，数学、物理课成了我偷偷看课外书的时间。而老师讲课、组织教学的时候，只注意观察中后排，我的位置成了视线盲区，可以把小人书压到课本下面放心偷看；偶尔也有"穿帮"被老师发现的时候，因此没少挨疙瘩栗（用手指背敲头）。李老师有个儿子叫和平，三四岁光景，虎头虎脑，很可爱，没人看孩子，李老师夫妇只好带着上课。和平跟着李老师上课的时候，站在课桌前面，人与课桌一般高。夏天，胖胖的和平穿着短裤和背心，我有时候貌似认真听课，其实偷偷用脚指甲挠和平的小肚皮，有一次，大概我的脚指甲长了点，把和平挠哭了，李老师只能中断讲课，把和平抱到办公室去了。可怜的小师弟，现在应该50多岁了吧，也许从来不会知道是我把他挠哭的。

初中两年，课本没学好，课外书倒没少看，除了和同学交换了数不清的小人书之外，还读过《朝阳花》《野火春风斗古城》《吕梁英雄传》

《敌后武工队》《苦菜花》《三家巷》《红岩》《青春之歌》《创业史》《三国演义》《西游记》《水浒传》；甚至还读到过苏联作家法捷耶夫的《毁灭》；家里有部《毛泽东选集》（四卷），我凭兴趣通读了里面的所有注释，我从中知道了《孙子兵法》，知道了《曹刿论战》，知道了《列子·汤问》里的"愚公移山"，知道了"草木皆兵""叶公好龙""口蜜腹剑"等成语典故；学校当时订有一份《参考消息》，属于内部发行，课余时间，我经常偷偷溜到办公室阅读，后来老师也默许了，这份《参考消息》使我知道了国际上同步发生的许多新闻。阅读《参考消息》的习惯，我一直保持至今。由于偏科，不大认真听课，学习成绩失衡，毕业推荐上高中名额单里没有我，我不到14岁即离开学校，后来当了民办教师，一边学，一边教，总算没有误人子弟。但所幸读过的书籍和报纸，丰富了知识，开阔了视野，也提高了点写作能力。1977年，国家恢复高考，再后来我以入学语文最高分考上济宁师专（今济宁学院）中文系，圆了大学梦。考上学以后，有一次在路上遇到了张瑞芝老师，张老师以又惊讶又喜悦的口吻说："听说你考上大学啦？真没想到……"老师笑着帮我回忆起在学校调皮的点点滴滴。幸运是留给有准备的人的，而于我则是个例外，应该是少年时期无意识的广泛课外阅读，误打误撞，歪打正着，功不可没。

（本文登载于2019年4月《滕州日报》，有改动）

大龄插班记

　　1979年，我还是一个二十来岁的毛头小伙，但也是一个有着三年教龄的民办教师了。这一年，我参加全国高考，以0.5分之差落榜。秋收以后，我怀着沮丧的心情，回到本村小学重操旧业。那时，生产队还没有解散，当民办教师可以拿标准劳动力工分，另有国家补助8元津贴，对于不擅稼穑的我来说，感到很是幸运。既然上大学的目标遥不可及，只好力争做一个合格的民办教师了。

　　然而，当时的滕县三中（今滕州三中）并没有忘记我。也许觉得我还算个可造之才吧，时任三中副校长、教导主任马延钧先生，通过峄庄公社教育组组长董业柱先生打来电话，通知我返校复读。马校长的通知，重新点燃了我上大学的希望。就这样，在村小学校长刘广尧先生和同事们的鼓励下，在父母的期盼中，初冬的一个下午，我收拾了一下残缺不全的课本和高考复习资料，背着行囊，踏上了去三中复读之路。

　　学校把我安排到应届毕业班插班学习。我和几位学文科的同学，被安排到高二·二班。班主任韦吉坤老师，南方人，物理教得出神入化，深受学生欢迎，对我们学文科的同学关怀备至。排课的时候，专门照顾我们，理科的同学上物理课，我们则去专门教室上历史课，理科上化学课，我们则去上地理课，其他课程合堂上。当年高考科目，文科主要是语文、政治、数学、地理、历史，非专业考生，英语成绩以百分之十计入总分。那时学制短，从小学到高中一共才九年，高中二年制。别看我才二十出头，但在同学们眼里，我这个年龄，已经是饱经风霜了，因为他们大都才十七八岁。而且，我教的学生，许多也都是他们这个年龄。

三中地处农村，管理以严闻名。学生来自周边几个公社，绝大部分都是农村家庭。校长岳进义先生，是一位资深"老革命"，工作一丝不苟，大公无私，每天起床很早，当大多数老师、同学还在梦乡，操场上已传来岳校长稳健有力的跑步声。副校长、教导主任马延钧先生业务能力强，对学生非常负责，主抓教学及班级管理，每天总能看到马先生在教室、宿舍、操场巡视的身影，对于违纪的同学，批评起来毫不留情，甚为严厉，以至于有调皮学生背后给马先生起了个雅号"马小辫"（浩然小说《艳阳天》里一个地主形象）。

三中当时聚集了一批业务能力强、教学水平高的老师，教语文的孟庆西、甘同庆老师，教数学的朱安君、刘希远老师，教物理的韦吉坤、刘茂瑞老师，教化学的刘希兰、赵忠全老师，教政治的宋效良老师，教历史的吕本老师，教地理的巩培庆老师等；有的老师一专多能，马跃芳老师音乐、美术样样精通，还兼代地理课，庞维朋老师除代体育课外，还会针灸、推拿，对学生有求必应；孟庆西老师学养深厚，德高望重，三中周边有不少家庭父子两代或兄妹多人都是孟老师的学生，多年传为佳话；甘同庆老师也是孟老师的学生，又是老三届返校任教，语文课上得妙趣横生，教音乐、拉京胡也绝不含糊。许多老师潇洒倜傥，成为学生心中的偶像。学文科的学生，大都是理科功底差，当时有句顺口溜"数理化，大鸭蛋，文科班里转一转"，真是把文科学生的尴尬形容到家了。但是，在三中这个大家庭里，学校和老师不放弃每一位学生，不歧视每一位学习差的学生，在升学的路途中，一个也不能少。针对我数学基础差的情况，朱安君老师专门给我"开小灶",辅导我学数学,朱老师像一位慈祥的老父亲,对我循循善诱,从增强我的自信心着手,从最基础的解方程开始讲解,并且鼓励我多做数学习题,按照老师的教导,我的数学竟然慢慢开窍了。

学校的严格管理,老师的严格要求,自然造就了一大批自觉而勤奋刻苦的学生。记得每天还没到早操时间,操场上已聚满了黑压压的人群,有的朗读英语,有的背诵语文、政治概念题,琅琅的读书声回响在操场上空,成为当时三中一道壮观亮丽的风景线,现在回想起来仍然令人感奋不已。晚上如果停电,学校免费供应煤油,同学们心无旁骛,挑灯夜读。在这样的环境氛围下,想偷懒,想不刻苦,都不可能。1980年高考,三中考取大中专的学生将近100人,这在当时的滕县,是了不起的成绩。我也在这一年,圆了大学梦,被济宁师专(今济宁学院)中文系录取。

闲云潭影,物换星移,转眼间,离开母校40多年了,现在,我也已经离开了平凡的工作岗位,两鬓染霜,华发早生,成了退休大军中的一员。对于三中来说,我只是一个微不足道的过客,但在三中所受到的教育熏陶,已积淀为我人生的一笔宝贵的精神财富。如同其他成千上万的校友一样,几十年来,无论在学校做教师,还是在机关做公务员,我始终铭记三中,感恩母校,低调为人,扎实做事,决不辜负母校和老师的培养。书香文脉一甲子,风雨兼程60年,真心祝福母校容颜不老,青春永驻!

（本文分别登载于2014年10月《滕州日报》，2020年5月《滕州精神家园》，有改动）

庚申记考

　　庚申年①，愚届弱冠②，夏六月③，自偏村骑行赴滕④国考。考场一中，校门窄仄，院内多平房，少绿树；东侧猪舍一，居肥豚若干。

　　当是时也，改革肇始，百废俱兴，学子欲报国，多以高考为径。吾与同窗乡党，皆大龄赴考，实为欲逃农门也。囊中羞涩，借宿于同乡。考前夜，电闪雷鸣，大雨倾盆，惴惴乎吉凶，平明方眠。

　　骄阳酷暑，室如笼蒸。考场南邻猪舍，豚溺汗酸，气味相杂，时闻诸豚掐架。考生有似考监门生者，蒙恩甚厚。业师时摇折扇，于其后送凉，致他生怨隙。场置脸盆，有冷水毛巾，热甚者敷面降温。凡入场，非时辰终到不得出。

　　试毕，对题，料无落榜之虞，遂约畅饮，微醺，乃去。月末放榜，得中孙山⑤，窃喜：独木桥过矣。

注：

①1980年为农历庚申年。

②古代男子"二十冠而字"。弱冠，泛指20岁左右的男子。

③"夏六月"，即农历六月，阳历7月。现在高考时间为每年阳历6月。

④滕，指滕县县城。

⑤范公偁《过庭录》：吴人孙山，滑稽才子也。赴举他郡，乡人托以子偕往。乡人子失意，山缀榜末，先归。乡人问其子得失，山曰："解名尽处是孙山，贤郎更在孙山外。"后以"名落孙山"指考试或选拔未被录取。"得中孙山"化用"名落孙山"，借指考上了，但成绩排名靠后。

（本文登载于2019年5月《济宁晚报》，有改动）

我的大学

　　1980年9月的一天，我暂别家乡，坐上一辆红色的公共汽车，不到两个小时，来到古城济宁，成了济宁师专（今济宁学院）众多新生中的一员。据1980年的《光明日报》说，这一年，全国的高考录取率只有8%，能挤过这座独木桥，在那个城乡差别比较大的年代，已属于幸运儿。就我本人来说，考学之前，已经是有着3年多教龄的民办教师了，1980年考上大学者，应届毕业生已经占到绝大多数，社会青年执着如范进者，已经不太多。况且我已经20多岁，到了成家立业的年龄了，与和我的学生年龄差不多的人做同学，既有考上大学的欣喜，也实在有点难为情。

　　来济宁上学，是我有生以来第一次出远门。以前出门，最远的距离，就是去滕县（即现在的滕州市，当时叫滕县）。那时候的济宁，就是我心目中的大城市。农村的学生，来到这里，自然感觉一切新鲜，眼界大开。济宁以西几个县的同学，有的到宿舍放下行李，先去济宁火车站看火车，以印证一下梦想中火车的真面目。在济宁汽车站，有学校的敞篷汽车接站。学校的确有点大学的气派：高大宽敞的大门上方，"济宁师专"四个大字老远就看得到，据说是从鲁迅先生书法字库里组合的，字体简穆古朴；新落成的理科楼，白色格调，局部六层，是全校最高建筑；中文系的教室在文科楼，红色砖混建筑，局部四层；宿舍楼在操场北面，也是红砖楼房。来到学校，看到来来往往报到的新生中，竟然有不少如我这样的"老家伙"，有的看相貌估计年龄比我还要大，心里稍微有了点宽慰，同学中最起码有了同龄人，自己不会孤军奋战了。事实的确如此，我们中文系两个班，大龄青年十八九位，占的比例不算小。

刚入学的时候，学校要求佩戴校徽。我们这些新生，觉得考上了大学，很有些新鲜感，戴着白底红字的校徽，招摇过市，自我感觉良好。其实，那个时代，教师的社会地位还不高。从学校出门往西不到300米路南，有一邮电营业所，里面有一位四十来岁的中年女士，看到佩戴校徽来寄信、买邮票的师专学生，常以调侃的口吻说："又是小师专的来啦！"尽管这样，济宁师专在一般人心目中还算是济宁市区最高学府之一（建设路南头还有济宁医专）。所有外地寄往师专的来信，有写"济宁师院"的，有写"济宁师专学校"的，五花八门；我们班长在部队的同学，来信信封上赫然写着"济宁师大"！但这些来信，无一例外，居然都寄到了学生手中。

那时候，考上大学，吃住免费，还要发助学金，就是吃上国家饭了。记得每位学生每月35斤饭票，10元菜票。饭量小的，还有结余。饭票发下来以后，自然先吃细粮，剩下粗粮饭票，买大米饭（到现在都很纳闷，大米那么好吃，怎么成了粗粮）或者面条。最难忘的是热天买面条，伙房里两口高而粗的黑瓷缸，里面装满了煮熟的粗面条，凉的，一位身穿背心、胳膊很粗、汗津津的胖师傅，不要任何用具，伸手往大缸里一抓，一把面条就抓到了学生碗里，然后再给加一匙麻汁，面条居然很好吃！完全没有考虑到面条里是否掺杂了师傅的汗水。学校那时候初步扩招，学生急剧增加，硬件设施建设慢了点，餐厅售菜口少，每次开饭，学生人头攒动，拥挤不堪，饭场如同战场。体育系的同学个子高，力气大，都是他们挤在前面，外系的学生，敢怒不敢言。入学不到两个月，这种无序的状态，引发了学生一次不太小的波动：1980级体育系的一位同学加塞儿买饭，把维持秩序的校学生会主席、1979级政治系的学长打了一顿，引发了众怒。一些学生罢课，要求惩办打人者。学校连夜紧急召集会议，第二天一早，在全体学生大会上，宣布了对打人学生的处理决定：留校察看一年；并决定在学生餐厅增加售菜窗口，延长开饭时间，此后，学生就餐秩序才慢慢好起来。

20世纪80年代初，农村生活水平普遍较低，但也并不是吃不饱饭，只是缺钱花。即使这样，农村的孩子出门求学，置办一些行头还是必要的。一身涤卡布料做的衣服，一个柳条箱包，就是那个时期大学生的标配。来到学校以后，才发现要配备的东西还有不少，比如手表、皮鞋等。但这些东西，在我们看来，都是奢侈品，需要大把的人民币。看着条件好的同学戴着光闪闪的手表，许多同学很是羡慕。虚荣心的驱使下，也想买块手表，哪怕是钟山牌的（南京产，30元；好点的有宝石花，90元；上海牌的最好，125元，相当于一个普通工人三个月的工资）。一个学期不到，班里戴手表的同学明显多了起来。至于怎么买的手表，就不得而知了。听当时我们校团委书记讲，山东师范大学一位学生，逼着家里给他买手表，他父亲无奈，卖了家里唯一一头毛驴。他戴的手表，被同学们戏称为"驴"牌手表。我家没有养驴，我戴的那块上海表，是第一个学期的冬天，家里卖了两棵大杨树，托我在新疆库尔勒核试验基地部队服役的堂叔买的，可以说是"树"牌手表。戴上了手表，当然要显摆显摆，校园里许多男同学，穿着长袖衣服，也要把袖子撸起来，这倒不是为了干活方便，而是为了让别人尤其是女同学看到自己手腕上的那块手表。至于皮鞋，家庭条件好点的，也就是买上一双，那个时候，擦皮鞋，会成为宿舍生活的一项重要内容。由于没有替换皮鞋，又嫌穿解放牌黄球鞋土气，年轻人脚汗大，皮鞋穿得发臭，臭皮鞋的说法，大概就是这样得来的。

虽然当时济宁师专是一所普通的三类高校，但学校里名师荟萃。校长赵勉，矮矮胖胖，慈眉善目，北平大学毕业（国立北平大学，是民国时期南京教育部设立的大学组合体。抗战胜利后，未能复校），1935年北平

"一二·九"学生抗日救亡运动的掌旗人，老资格的革命家、教育家，讲话非常幽默风趣。记得给我们新生做入学教育报告，自我介绍的时候说："同学们，我叫赵勉，不要把我写成赵兔。"全场哄堂大笑，掌声雷动，赵校长子一下拉近了与同学们的距离，然后，校长结合自己参加革命成长的经历，联系实际，给我们上了一堂生动难忘的理想信念教育课。以姜葆夫教授领军的中文系，更是聚集了一批全省高校知名的专家和学者。系里对学生要求非常严格，日常学习和行为规范的管理甚至严于高中阶段。因此，两年学习时间虽然短暂，我们所学到的知识还是很扎实的，这为我们以后走上工作岗位打下了很好的基础。按照当时教育部规定，师专是面向初中学校，培养合格的初中教师。1982年7月，同学们虽然面临毕业，但都很淡定，因为那时国家包分配，工作差别无非是城乡和远近之分。而实际上，我们离开母校，分配到完全中学的，绝大部分都当了高中教师，当时国家太缺乏人才了，干了只有本科生才可以干的"活"。又过了若干年，在学校工作的同学，相当一部分改行去了政府机关；有胆量的，"下海"经商，成了最先富起来的那部分人。坚守到现在，仍然在教育一线的同学，已经是教有所成，桃李满天下，成为最受社会认可、最能体现母校培养价值的群体了。

（本文分别登载于2016年2月《济宁日报·文化周末》，《济宁日报·文化周末2016阅读精选》，有改动）

杏坛忆旧

　　每年的教师节、春节，总有一部分"铁杆"学生，通过短信、微信给我发来节日的祝福和问候，更有新春登门拜年者，令我备感幸福温馨的同时，还提醒我这个刚过而立没几年就离开学校的中途改行者，曾经是一位"传道、授业、解惑"的老师，而当年粉笔生涯的一幕幕，还时常浮现在我的眼前。

　　我1982年7月济宁师专（今济宁学院）毕业分配到滕县二中（今滕州二中），学校即安排我这个懵懂新手带两个初三应届毕业班的语文（当时二中是完全中学，初中每个级部两个班，共6个班；高中每个级部4个班，共12个班），其压力之大，可想而知，从此我开始了在二中白加黑、六加一（当年还没有双休，毕业班星期日要加班）的往复循环。好在那时二十来岁，光棍一条，离家又远，无牵无挂，正可心无旁骛，专注于教学。

　　当时的教育局教研室，是全国特级教师，著名教育家、作家王牧天先生担任主任，牧天老师对于我们新分配到几所市直中学的本科、专科学生非常关心爱护，暑假后新学年刚刚开始，就着手筹备组织青年教师的观摩教学，以帮助我们发现不足，提高教学水平。也许因为在毕业分配的时候，牧天老师已经认识并无私帮助过我，他专门点名要听我的语文课。二中的语文组长朱绪龙先生，学识渊博，也是一位享誉鲁南的诗人、作家、文学评论家，我平时以师礼事之，尽管朱老师当年在母校滕县三中工作时并未教过我语文。朱老师把局教研室的通知和学校教导处的安排转告给我，并专门就如何讲公开课给我做了点拨，在朱老师和其他热心同事的帮助下，我认真查找资料，精心备课。按照县教研室听课日程安排和教学进度，确定了观摩课课文《隆中对》（选自陈寿《三国志·蜀志·诸葛亮传》）。

观摩课那天，王牧天主任亲自前来听课，县教研室语文教研员王化美老师、学校教导处领导和语文组部分老师参加，由于准备还算充分，除内心微微紧张外，课堂没出什么纰漏，两堂观摩课，基本完成了教学计划，组织教学和师生互动也比较有层次。听课过程中，牧天老师聚精会神，时而记录，时而思索，一直到观摩结束，并没有发表任何意见，因为局里有会议，没有来得及评课反馈，两位王老师就急急忙忙走了。

在忐忑等待中过了好几天，王牧天老师委托王化美老师转达了他对《隆中对》观摩课的总体评价，肯定了优点，指出了不足。同时，牧天老师提出一个非常新颖的问题，叫全体老师包括我认真思考：在《隆中对》里，为什么诸葛亮能够为刘备提出那么有创见性、预见性的"三分天下"、成就霸业的规划，而刘备自己却不能？王老师的高瞻远瞩，引起了大家的热烈讨论。大家一致认为，牧天老师的问题，其实是涉及语文教学中的知识拓展和学生智力开发，这仅仅依靠语文教学参考书是不够的，要求老师在充分挖掘教材的时候，必须跳出教材，拓展到教材以外的相关知识。后来，牧天老师在多次语文教研会上，以我这次观摩课为例，讲到了他语文教学研究中的新思维、新发现，而我作为一个语文教学的新手，自认为两堂公开课获得了王老师的首肯，并为带给王老师语文教研的新观点而备受鼓舞。

受到王老师的激励，我在以后的语文教学中，在让学生有所获得的同时，注重了课本知识的扩展，使学生增强语文学习兴趣，提高语文综合能力，达到多有获得。第二年中考，在全体科任老师和学生的共同努力下，二中两个初三应届毕业班获得了大丰收，几十名学生考上中专和一中，还有一批学生考入二中、三中，学生李更森获全县中考第一名，考入山东省邮电学校；两个班的语文也取得了比较理想的成绩，秦炜、单位清两位学生语文过90分，为枣庄市中考语文两个最高分，其中秦炜考入一中，后考入上海交通大学，留学美国。

1983年暑假后，学校决定让我带高一两个班的语文课兼一个班的班主任。教高中以后，更感觉责任重大，为了抓好班级纪律和学生学习，我几乎全身心靠在学校。结婚后我住在教育局院内宿舍，每天天不亮我就骑车赶到学校，和学生一起出操、晨读，晚上打了熄灯铃，还要查寝，来回两头不见太阳；如果很晚了，教育局大门会关闭，为了不惊扰年迈的门卫老师，我会在男生宿舍随便和学生打一个床铺住下，将就一个晚上，以至于过了半个学期，教育局的大部分人还不认识我。我所当班主任的高三·二班，1986年高考，成为级部升学人数最多的班级，有36位同学考上本科、专科和高中中专，我也在那一年被评为县级优秀教师，在政府礼堂参加了教师节庆祝大会，受到表彰，所得奖品为一棕色真皮手提箱，质地优良，使用至今。

从1986年至1991年，我连续6年带高三毕业班语文，曾经带过学生数最多的一个班级，有105位学生。经过中专和一中先后"掐尖"，当年的二中鲜有全市名列前茅的学生，即使这样，在高考指挥棒的指挥下，没有哪位老师敢于懈怠偷懒，本着对学生负责、对工作负责的态度，都在自我加压，自我奋进，绞尽脑汁，为提高学生的学习成绩而辛勤付出，把知识毫无保留地奉献给学生。没有谁因为加班加点而牢骚满腹，更没有谁讲课不深透，留着偷偷"办班"，搞什么几对几的校外辅导捞取外快，有的是老师之间为争晚自习辅导而经常闹出的小小误会和不快。一分耕耘，一分收获,辛勤付出总会获得回报,每年高考季,看到自己的学生升入大学、中专,心里总油然升起莫大的成就感。我从1982年到二中,至1991年离开学校到政府机关工作,和其他带毕业班的同事一样,没有度过一个囫囵的寒暑假,都是延后放假,提前开学,所有时间基本上都是在繁忙的课堂教学和作文批改、自习辅导中度过的。

多少年后,当我和我的学生们相聚在一起,学生们曾经跟我开玩笑:"老师,你知道当年我们给你起了个什么外号吗?"我笑了,我当然知道,我教过高中语文课文《记念刘和珍君》(鲁迅杂文),当年我对学生要求甚严,对于学习马虎、作风松弛的学生经常无差别地严厉批评,对于个别调皮男生时更加严厉,有学生偷偷给我起了个外号"段祺瑞",把民国北洋军阀的大名复制到我的身上。而事实上,毕业后,无论在哪个地方,做什么工作,从事什么职业,我的这些学生非常感恩,有家乡或弱势群体需要帮忙解决一些困难,我偶尔给有点实力的学生布置点"作业",他们总是在政策、制度和能力允许的前提下,尽力办好,不让老师失望。这么多年,往往是同学们对于老师的涌泉相报,在感动、教育着我。随着岁月流逝,我当年的学生也早已不是无忧无虑的小伙子、小姑娘,最年轻的也到了知天命的年纪,真心希望他们事业有成,家庭和睦,子女成才,人生幸福。

从1991年至今,我离开学校已经整整30年了。"木铎金声,滋兰树蕙",已经是遥远的过去。检视自己的工作经历,我仍然认为在学校的10个年头,是我人生最有价值、最可怀恋的岁月。2017年教师节,我曾经作《教师节有感》小诗一首,抒怀明志。现抄录如下,谨做本文结语:

> 人生履历几十年,最美还是执教鞭。
>
> 陋巷箪食不觉苦,育得桃李满圃园。

(本文登载于2021年8月《滕州日报》,有改动)

我的教师心

本人体薄貌瘦，给人一副病弱之相。虽然在政府机关工作已八九年，且蒙组织厚爱有幸晋升一小级别职务，但是，少有人称呼我官职，多数人见面仍以"老师"冠之。盖教师者，乃全为瘦弱之貌，长有一张"教师之脸"？然据我所见，教师，胖瘦皆有之，且教学实绩与此并无相干。

我工作20多年，多半时间的确都在当教师。十八九岁即在老家任民办教师，高考恢复后考上了学，毕业后分到滕州二中，先教初中后教高中。想当年，我还是老家出来的第一个大学生呢，拿到入学通知书时，着实在村子里引起了小小的轰动。为此，母亲禁不住乡邻奉承，激动得流下眼泪；父亲倾其所有，筹办了好几桌酒席，宴请大队干部、我的老师、同事和家族长辈及邻居，看阵势如同"范进中举"。

但当分配到学校当了老师以后，回老家有长辈见了面问我："到哪里上班啦？"我如实回答，长辈脸上立刻显露出不以为然的神色："教学？"单从语气上判断，我在他们心目中的分量已经大打了折扣，我理解长辈、乡邻们朴素而传统的思想意识，他们是期望我大学毕业后当个干部，都跟着沾个光。其实，当年的教师也是干部身份，只是这个职业与机关干部比起来，含金量相对较低。这也难怪，那时候教师的地位和待遇与现在相比差了许多。在二中的时候，有一位老师，因为管束调皮学生严了点，一位小领导干部太太身份的家长护犊子，跑到学校办公室大吵大闹，口出狂言："恁这些小老师，有什么了不起！"结果招致了老师们的众怒，异口同声反驳痛斥，最后那"贵妇人"灰头土脸走掉。

然而，父母对我当了教师还是很满意的，认为儿子吃上了国家饭。而且，我也给弟弟妹妹做出了榜样——自我考出来之后，她（他）们学习也十分刻苦，都陆续考入大专或中专学校就读，并且各自有了一份比较称心的工作。虽然不能与那些考上名牌大学的人家相比，但确实印证了"知识改变命运"此言不虚。

从我参加工作至今这20多年中，有十几年光阴是在三尺讲台上度过：小学4年（民办教师），初中1年，高中8年。教过的学生以每届平均130人计算，也有一千多了吧。虽然教师工作比较劳累、清苦，我却乐此不疲，因为打小我的理想就是当一位教书育人的老师。当我在讲台上忘情地讲述"蓬莱文章建安骨"的时候，我为当教师自豪；当我在夜阑人静之时批改完高高一摞学生作文的时候，我为当教师自豪；当我躺在单身宿舍的简易木床上，望着年久失修的屋顶透进的一线阳光，脑中反复构思着新的教学内容和方法的时候，我仍然为当教师自豪。那时节，身在教师之位，常怀育人之心。虽加班加点，额外奉献，亦无怨言。

1991年，因一个偶然的机会，我被调入了市直机关做文秘工作，调离了教师岗位，成为一名真正意义的机关干部。新单位工作有忙有闲，环境比较安逸，出发有小汽车代步，而当老师的时候，到农村高中参加教研活动则要蹬几十里路的自行车。到了新单位，周围都是新面孔，比之终日忙碌的学校，乍一清闲，多少有些不适应。当时，首先传达室给了个下马威：第一天骑车去上班，看到政府大院巍峨大门内的木牌子，白底红字写着出入下车，便诚惶诚恐，出入下车，如是几天，瞅着一众上班者并非都是"出入下车"，牌子形同虚设，就大起了胆子，骑车长驱直入，但刚进大门，就被看门大爷拦住了，要我下车，并指着让我看看那块白牌子。当教师的时候都是我批评、教训学生，而看门大爷不一视同仁，当着许多人的面叫我下不来台，太伤自尊，便跟大爷吵了起来。事情传到领导那里，自然是我受到了批评。后来和看门大爷熟识了，才解除了误会，原来他老人家当时不认识我，看我的样子，把我当成了闹事的，才拦着让我下车。

相比学校教师工作的相对独立性，机关则讲究团队精神，凡事要求按程序办，科员对科长负责，科长对副局长负责，副局长对局长负责，一般不越级汇报工作，而局长也不直接向科员布置工作任务。而在学校当教师时，有意见或建议可以直接找到主任或校长反映，很少有清规戒律的束缚。

我从事的是文字材料起草工作，刚开始踌躇满志，心想我也算个资深高中语文老师了，干这个，还不是小菜一碟？做起来之后才知道，机关起草公文，与教语文改作文、写教研论文基本不搭界。第一篇调研报告写好了，交给领导审阅，退回来以后，才发现稿子已经被领导密密麻麻改动了许多。时任市体改办主任刘延让先生，老资格县委秘书出身，文字水平很高，以材料的逻辑严密闻名全市机关单位，曾给几任县委书记、副书记当过文字秘书，担任过公社党委书记，工作作风严谨，对于公文材料，要求极为严格。曾经有一次，召开全市企业改制工作会议，我起草的市长讲话，经层层把关，市长审阅，再经我和同事仔细校对，确认万无一失了，在市印刷所铅印装订成册。谁知就在临开会之前90分钟，刘主任看出来材料里错了一个字，"金融部门"的"金"字没有校对出来，成为"全"了！好在改动比较容易，只需用碳素笔在"全"里加两点，一般人看不出来，挽回了一次不大不小的失误。

刘主任虽然水平很高，但很有涵养和包容心，对于我起草的文字材料，即使不符合自己意图和口味，仍然认真给予批改，并告诫我为什么要这样改。在刘主任的悉心指导下，加之本人还有点悟性，我逐渐熟悉了公文写作程序，慢慢成为让领导放心的文字秘书，基本可以独当一面了。只是，在阅读别的部门和基层单位报送的文字材料的时候，难改我当教师的职业病，喜欢首先挑人家材料里的毛病，然后再看经验总结的内容，难免惹人不快。

从改行到现在，我也算是个"老机关"了，不知为何，离开学校时间愈长，就愈是怀念当教师时那简约的环境，纯朴的真情，充实的工作。现在，公务虽时常缠身，我依然不改一颗教师痴心，有时候还梦到自己在讲台上激情澎湃，这也使我经常在内心反思当年离开学校的对与错、得与失。当然，我也知道，随着教育改革的不断深入，现在教师也不是那么好当得了，像律师、医生那样，要考教师资格证书，持证上岗。正因为如此，我虽人在机关，余暇从未间断对于语文教学和中考、高考的关注。我设想，未来的某一天，我从机关工作岗位上退休下来之后，只要身体许可，也许会重返讲台，再圆教师梦的。

（本文登载于2000年1月《滕州日报》，有改动）

济宁情缘

孩童时期的我，不知道济宁在哪个方向，不知道济宁长什么模样，脑海中的济宁，是与一位老人联系在一起的。一年一度的回家过年，他总会给我带来南门里的天津包，壮馍（一种经过烘烤的厚面饼，类似于新疆的馕），玉堂的花生米、豆腐干。虽然数量极少，但在那个物资匮乏、生活水准普遍低下的年月，却是难得的上品佳肴。大年初一早上磕头拜年，还会得到一张崭新绿版的两毛钱压岁钱，甚至我还得到过一个能翻跟头的玩具猴！孩子的世界，记吃不记打，眼前的实惠，足以让他深深记住给他好东西的每一个人，而对我来说，这位春节回家过年带来好东西的老人，就是我的老爷（祖父）段正续先生，一位一生居住并终老在济宁的手工业工人。

从我记事的时候起，每年春节前夕的某一天，去池头集赶集或买年货的邻居会来我家传信，叫去几里外的池头集汽车站接老爷。叔拉着地排车接老爷的时候，有时会带着我一起去。雪后的原野，寒风刺骨，雪后的道路，滑如溜冰，到了公路停车站东的池头集饭店，会看到身材高大，有些驼背的老爷下车后正坐在饭店的焦炭炉子旁取暖，身边放着几件旧行李，炉口上烤着从济宁带来的富强粉（精粉）的天津包，由于患有严重的肺气肿因而并不多说话的老爷，把已经烤得热乎的天津包递给我，我轻轻咬一口，焦香焦香的包子，舍不得下咽，一不留神，羊肉馅里的明油滴到了棉袄的前襟上。

自清代道光年间开始，我的先祖即在济宁运河边玉堂酱园南邻的税务街从事打铜手工艺。经过几代人辛苦经营，至解放前夕，已经拥有了几间当街门面。家族近房有不少人在此谋生，老爷也在老家置买了20多亩良田和一挂大车，大大的宅院里建起了大屋。听家里老人们说，老爷自八九岁就被我老老爷（曾祖父）带到济宁学徒。时而的兵荒马乱，致使生存环境极其严酷，逼着老老爷只顾做生意挣钱，不大关心身边人的疾苦，哪怕是自己的儿子。老爷没日没夜跟着打杂，尽管相距不足百里，加之河流阻隔，六七年却不曾回滕县老家一次，以至于对老家印象模糊，童年乡思渐趋乌有。一天，已是少年的老爷外出回到店铺里，看到有一位陌生的妇人正在屋里拾掇，就偷偷问老老爷，来的这位客是哪里的亲戚？老老爷责备说，她是你娘，你怎么把娘忘啦？老爷伤心惭愧至极，跪在老奶奶面前，母子俩抱头痛哭。

1953年公私合营后，因土改后老家土地需要耕种，家族不少人丢下手艺，离开了济宁，回滕县老家种地了，还剩老爷和我叔伯大爷（老爷的亲侄，后任五金厂厂长），大爷"四清"后期也返回原籍，最后只有我老爷孤守在税务街的老房子，成为五金厂职工。20世纪60年代初，国家经历3年经济困难，几岁的我是长子孙，成了全家人的重点呵护对象，那时候老爷即使忍饥挨饿，也要定期从济宁捎回节省下来的商品粮面粉和饼干之类的点心，中秋节偶尔还能捎来几包月饼，在老家口粮时常断顿的时候，保证我的食物不断顿，使我成了同龄幼儿中为数不多衣食无忧的幸运儿，有惊无险地成长。而这样的待遇，比我大7岁的二姑、大11岁的叔是很少享受到的，他们只能跟着大人们饥一顿饱一顿勉强度日。

童年记忆中的老爷，是一位沉默寡言的老人，因为肺气肿，时常听到他轻微的呻吟声和剧烈的咳嗽声。老爷的前半生，在精通生意经的老老爷的调教下，成了税务街打铜的一把好手。一块块沉甸甸的红、黄铜饼，在焦炭炉火的高温烧冶下，经老爷手里的锤子反复地捶打，再经过细致的铆焊研磨，就会变成一件件闪闪发亮、造型独特的铜碗、铜勺、铜壶、铜盆、铜罐、铜灯、铜烟杆等器具，这些东西经久耐用，如果保存到现在，应该算是有些历史价值的工艺品了。老爷半生劳作，挣出了在老家农村算是不菲的家业。我记事的时候，家里还存有不少铜器、铜制钱和铜子弹壳（俗称炮皮），甚至还有一套锣鼓家什，有铜锣、铙和钹等，唱戏可以做打击乐器。

大人口中患病之前的老爷是一位记性很好，擅长说《三国演义》评书的有趣老人。济宁古城因运河漕运而兴，是水陆码头、交通枢纽，明清至民初为北方著名商业繁华之地，人流物流，三教九流，带动了勾栏茶肆的开张兴盛，南门太白楼、土山附近各类戏剧书场听众云集，稍通文墨的老爷，劳累休息之余，应该是这里的常客，长期的耳濡目染，竟然可以说全本的《三国演义》。每年春节，老爷回家过年，便是"开书场"的时候，农村人冬季没事，白天在南墙根晒着太阳，晚上在牛屋烤着火，一连好多天听老爷说《三国演义》，加带着评说济宁的市井人情。在那个交通不畅、信息闭塞的年代，济宁对于老家的绝大多数人来说，是近在眼前、远在天边的存在，老爷的评书，在讲述三国故事的同时，也为他们打开了展示济宁州面貌的一扇小小的窗口，这应该算是那个时候的春节晚会了。但是到我记事的时候，老爷已经患有严重的肺气肿，说话气短，很少与人言语了，这应缘于老爷年轻打铜，一年四季被炉火炙烤，昼夜劬劳，严重透支了体力，加之3年困难时期营养不良，导致身体慢慢垮掉，不到60岁，1967年腊月即离开人世。

到我长大成人，1979年国家恢复高考后，刚当了几年民办教师的我，辞去了教职，去滕县三中（今滕州三中）复习参加高考。命运女神对我眷顾有加，虽然数学知识近乎空白，误打误撞，我竟然考上了大学，被录取到济宁师专中文系，成为村子里的第一个大学生，这时，老爷去世已经十多年了。按照家族传统，去济宁上学的头一天，叔和堂哥领着我，到祖林给先祖和老爷上坟磕头，鸣放鞭炮，感恩祖功宗德。到了济宁后不久，我即央请家居济宁本地的班长当向导，专程去寻访童年时候就神往的税务街。从红星路到共青团路，过阜桥口往西不远，即到了南门，那时候，老运河南边的玉堂酱园的老式建筑还在，玉堂酱园再往南，就是税务街，来到这条保留着清代建筑风貌的商业古街，仿佛置身于江南的古镇。按照父亲告诉我的门牌号，街东首不远处路北，有一处小瓦房的老式铺面，这就是老爷曾经居住过的老房子，已经改做街道缝纫社；东邻的老房子，是1953年公私合营以后，成为集体资产的我家的几间门面。先祖和老爷的旧居就在眼前，面对着物是人非的建筑，年轻的我，心中升腾起莫名的感慨！徜徉在税务街街头，走在有些打滑的石板路上，浏览着街两旁错落不齐的老店铺，我仿佛穿越到了多少年前，看到了铜花飞溅的炉火旁，先祖们和老爷忙碌的身影，听到了夹杂着南北口音的生意人的吆喝叫卖声，闻到了富有地方特色的济宁小吃的氤氲香气……

毕业离开济宁，走上了新的工作岗位。最初的几年，我几乎每年都要趁假期去济宁，既算作故地重游，也借机去税务街看看老房子。1996年，滕州市机关党工委组织各部门机关干部去聊城孔繁森纪念馆参观学习，返程在济宁太白楼做短暂停留的时候，我又一次去了税务街，但是，街道两侧已经新起了商品房小区，林立的高楼下，古色古香的税务老街，连同老爷的旧房子，已经荡然无存！这次的中途济宁之行，带给我的是无限的惆怅和遗憾。

在改革开放大潮的推动下，济宁古城一天天扩展变大，几十年间，已经是鲁西南的工业经济中心，成为人口过百万的大城市。税务老街消失了，但街名仍在，新街承袭了过去年代的经营特色，成为济宁一条著名的商业街。近年来，时间比较充裕了，我又多次到济宁，登太白楼，瞻铁塔寺，看博物馆，过竹竿巷，游太白湖，但无论去什么地方，我总忘不了那个令我魂牵梦绕的税务街，总要去那里转一转，在小饭馆里吃顿水饺或鬶肉干饭，在玉堂酱园买几提酱菜腐乳。现在，我也早有了第三代，更深切体会到当年老爷对我倾注的春晖般关爱，那是刻骨铭心的隔代疼爱！萦绕在我心头多少年的济宁情缘，也就不难找到答案了。承载着老爷的无言厚爱我长大成人；沐浴着师专的知识雨露，我走上社会。我的生命里，济宁，这座千年古城，应该占了好大的比重。车水马龙的太白楼路，行色匆匆的人群，谁也不会注意，一个踽踽独行的外乡人，徘徊在古城街头，追怀先祖的遗踪，寻找自己的青春旧梦。

对于济宁来说，我只是一个来去匆匆、微不足道的过客，一代代人走过，一代代人走来，一代代人新生，生生不息之间，古城在蝶变，生活在翻新，爱心在传承。我想，这种割舍不了、挥之不去的古城情缘，在我的有生之年，还会一直存续下去，演绎下去……

（本文分别登载于2021年2月《济宁晚报》，2021年10月《济宁日报·文化周末》，有改动）

外祖父与东古"恒德堂"

　　我外祖父家是滕州滨湖镇东古回族村。三舅家里，珍藏有一方"恒德堂"木制印模。童年的时候，我常住姥娘家，这个印模就是我的玩具，经常拿着印字玩，因此，印模边框还留有我当年刀削的痕迹。"恒德堂"是我外祖父张荣治先生民国时期中医诊所的堂号，"恒德堂"印模，印证着外祖父从20世纪30年代中期到60年代中期，在东古一带的行医经历，距今已有80多年的历史。"恒德堂"印模大致呈正方形，宽12.7厘米，高12.3厘米，厚3.5厘米，上方为抹角，黄梨木材质。类似的印模，经过时间的流逝已存留不多，应该是研究中国乡村医疗卫生历史的重要遗存。印模正面上方按照旧式书写格式，反刻有"恒德堂"三个正楷字，下方小字为正文，亦为反刻正楷体，均书写工整，笔法谨严；由于年代久远，加之当时使用磨损，印模中部分字迹已模糊不清。经仔细辨认，现将"恒德堂"印模正文断句抄录如下："本堂开设鱼台县古村镇东街南北路路东，采办各省生熟药材，虔心修合。（注：修合，中药采制的术语。指中药的采集、加工、配制过程，它涉及药材的产地、成色、质量、加工等因素，直接影响中药的疗效。）膏丹丸散一应俱全。特请良医统治各科，无论远近病症，遂到遂诊，庶不致悮。"（注：庶，希望；悮，同"误"；庶不致悮，即希望不会耽误疾病治疗。）印模正面右下角刻有印章，字迹已完全模糊，恕不妄猜。

中华人民共和国成立前，不少店铺，包括中医药铺，都有堂号。堂号即品牌，堂号即信誉。商家可以凭堂号借贷、担保。店家视堂号为生命，一旦产品质量或者服务出了问题，堂号消弭、店铺关张是不可避免的，有的还要吃官司。所以，很多堂号的自律意识非常强。关于这一点，从电视连续剧《大宅门》里可窥一斑。据母亲说，"恒德堂"印模的字，是印到中药包装纸上的。每到过年空闲，往往是外祖父家印刷包装纸最忙的时候，拿着"恒德堂"的印模，刷一层墨，往纸面上使劲一摁，一张包药纸就印出来了，类似于现在的医院挂号证，印有医院的介绍，起到广而告之的作用。但比起当今某些广告，"恒德堂"印模的正文，内容要文雅、含蓄、谦恭得多，没有"包治百病""药到病除"之类的用语，只是表明虔心修合，精心炮制药材，有良医坐诊，随到随治，并希望自己的医术及诊疗不致耽误患者康复。

滨湖镇古村及其周边区域，清朝、民国时期直至1950年前后，曾隶属于鱼台县，一直是镇的设置。古村西濒微山湖，北依凫山西脉，扼水旱要道，为湖东有名的大集镇。村中间以南北沙河为界，分东西古村，河东为东古村，也被称为东街；河西为西古村，也被称为西街，东西街交通由建于明朝的石拱桥连接。其中，东古村将近3000人口，回族占了一半，是滕县回族聚居人口最多的村，村中当时建有闻名济宁且历史悠久的大清真寺，当地人称为大殿。

外祖父张荣治先生（1914—1968年），字华洲，出身于东古村一传统耕读之家。其父张乐同先生，乡村塾师，中年早殁。外祖父幼年勤敏好学，未及弱冠，即在本街孙姓药店帮忙抓药，并向在此坐诊的滨湖苏坡名医秦存心先生（早年在苏坡村开设中医诊所"回春堂"，后为外祖父岳丈）学医。待外祖父与外祖母成婚后，在曾外祖父秦存心先生的指点协助下，外祖父即在古村东街单独开设中医诊所，取堂号为"恒德堂"。东古东街两侧商铺众多、生意红火，五天一个大集，每天都有小集，吸引了周边20多里范围内的百姓，带动了中医诊所药铺业务兴盛一时。据母亲和大舅回忆，当年古村东街中医诊所，除外祖父的"恒德堂"，还有邵姓的"同聚堂"和"同德堂"。邵姓两家，均为地主富商，唯有外祖父为普通农家出身。

恒德堂开设以后，外祖父与曾外祖父在堂内坐诊，并延聘了掌柜和账房先生。曾外祖父以诊治小儿科为主，外祖父除诊治一般病症外，还擅长针灸。据母亲讲，药铺的收入，不是五五分成，曾外祖父每年只要"花花礼"。为防治天花，那个年代，政府已经开始为儿童接种疫苗，俗称"种花花"。只是，那个时候，国家还没有免费的计划免疫，"种花花"是要收费的，俗称"花花礼"。当时，农民大都以粮食折抵药费，"花花礼"，男孩小麦25斤，女孩小麦20斤。除"花花礼"由曾外祖父收取，恒德堂其余收入，由外祖父支配。那个时候，农村医疗水平低下，西医几乎是空白，"黄金有价药无价"，中医先生无疑是受社会尊重、收入稳定的职业。外祖父自幼览读诗书，深受孔孟礼仪影响，养成了谨小慎微的处事风格。医术是"仁术"，中医的辨证疗法，有时也讲求"沉疴用猛药"，外祖父的性格决定了他从不可能用"猛药"，只是循规蹈矩望闻问切，按正常剂量配伍用药，按公平价格收取费用，细心调理病人痊愈，终其一生，未出过医疗事故。在方圆十几里的地方，其医术深得百姓信赖。

外祖父为人温厚尚礼，乐善好施。那个年代，农村十年九灾，加之兵荒马乱，一遇"贱年"（灾年），穷苦人家，卖儿卖女，背井离乡，逃荒要饭。听母亲讲，每到这个时候，外祖父总是叫家里人挨户送上煎饼和盘缠；并开设粥厂，施粥放饭，救助本地的穷人和逃荒到本地的外乡人。对于拿不出分文的穷人病患，照常看病用药，其药债如果实在不能偿还，到岁末一笔勾销。东古村不少80岁以上的老人，至今仍时常念叨外祖父当年资助穷人的轶事。依赖外祖父苦心经营，"恒德堂"业务逐渐做大，影响范围越来越广，到新中国成立前夕，外祖父家置办了几十亩薄田，并有了稍宽敞的房产。

20世纪50年代初期，为了加强对私营卫生行业的管理，提升医疗水平，政府对城乡规模较大的中医诊所和药铺也逐步纳入管理范围，由政府派出公立医院专业人员（一般是西医）参与经营管理。外祖父的"恒德堂"，也由当时的岗头医院派专人参与管理，对外称"联合诊所"，老百姓俗称"联营"。20世纪60年代初期，我记事的时候，"联营"里与外祖父一起坐诊的"公家人"，是人称"李站长"、我喊"大姥爷"的李为福先生。李先生是邹城人，中等身材，戴着眼镜，待人和蔼可亲。而我孩童时期记忆中的"联营"，是一个令我记忆深刻的地方：诊所里弥漫着中药味道，时而有前来打针的小孩声嘶力竭地哭喊，以及腿上扎满银针、痛苦不堪的关节病人等。

1966年，外祖父离开了相伴一生的中医药房回到家中。1968年秋，外祖父去世。

（本文登载于2017年7月《滕州日报》，有改动）

百里访恩师

　　2020年5月，繁花似锦，畦麦飘香。23日上午，我和滕州二中艺体部主任李天慧老师前去济宁拜访我们共同的老师，济宁学院中文系教授张九韶先生。40年前的1980年，我还是济宁师专（今济宁学院）中文系的一名学生，老师教写作课，对我倾注了太多的关爱；20世纪90年代初，我的高中学生李天慧考入济宁学院中文系，也成了老师的学生，师生师出同门，虽杏坛寻常，于我则是人生的幸事与乐事，这是我和天慧经常交流的话题。

　　天慧驾车技术娴熟，按照济宁新华书店冯家华老师发过来的老师小区的位置，自动导航，一个半小时即到济宁，路上，接到老师两通电话，关心我们路途的状况。从济宁最长、最洁净的火炬路进入市区，一路往北，过了高架桥，不久转入吴泰闸路，老师发过来通话，又询问我们的位置，但我和天慧光顾着说话，忽略了导航语音提示，错过了目的地，只能右转琵琶山路。

　　重新设定导航，回走吴泰闸路，终于到了老师的小区。远远看见小区大门口，在夏日的阳光下久违了的老师熟悉的身影，老师应该在此等候了不短的时间，这让我们既感动又歉疚。经过严格的防疫安检，老师带领我们进入小区。老师今年虚龄八帙，精神矍铄，童颜鹤发，目光依然睿智，步履轻捷，思路依然清晰，谈吐幽默。

这是23年以后又见到老师。1997年8月，我们这届中文系同学，毕业15周年返校聚会时，见到了老师，当时老师已经身兼济宁市政协副主席。由于时间仓促，加之师生众多，仅匆匆交谈数语，济宁一别，倏忽又23年！而天慧自毕业至今，也一直未回母校、未见老师，包括班主任、济宁学院中文系写作教研室主任杨景生教授。

坐在老师宽敞明亮的客厅里，师母早早给我们准备了果品和茶水。交谈之间，我们首先向老师赠送了《王玉玺八体书古今名人评墨子》《善国文化》《滕州读本》（王学典主编）《古滕十进士诗文译注》等书籍、会刊，老师对滕州地方历史文化研究和善国文化研究会的丰硕学术成果给予很高的评价，师母乐当幕后英雄，忙着给我们倒水拍照，使我们感受到了家的温馨。

老师提前给我们准备好了他多年来出版的散文佳作选编《太阳味儿》《品读文化济宁》，长篇小说《龙吟大湖》《乾隆游微山湖传奇》《乾隆曲阜朝圣》，并在每册扉页逐一签名钤印。老师十分关心滕州文化泰斗、特级教师王牧天先生的近况，并委托我们代向牧天先生赠送长篇小说《龙吟大湖》。聆听着老师风趣的谈话，手捧着老师惠赠的心血之作，我们的思绪又仿佛回到了学生时代，充满了激动和感恩之情。

午餐地点选在湖鲜鱼馆，也是老师提前一天亲自到场安排的。这个既整洁又颇具特色的酒店，到处充满着微山湖的文化气息，连单间都是用南阳湖、独山湖、昭阳湖、微山湖命名，一打听竟然是滕州奎子鱼馆的分店！奎子鱼馆以烹制微山湖淡水鱼驰名滕州及周边地区，老师又是微山湖畔成长起来的一代学者、作家，我们则来自滕州，这样的安排真是别具心裁！

天慧的班主任杨景生教授来了，杨教授正在准备2020届本科毕业生论文答辩组织工作，他给我们带来了他的佳作《写作观察论》。杨教授大学毕业分配到济宁学院，老师当年任写作教研组长，对杨教授厚爱有加，杨教授也没有辜负老师的栽培，传道授业的同时，成为著名的散文家和文学评论家，并兼任中国写作学会常务理事。济宁新华书店的冯家华老师和工笔画大师周生民教授也来了，她们是老师作品的忠实读者，也是老师写作指导下勤勉用功的好学生。

我们举杯庆祝师生再聚，热烈讨论和交谈。老师平时滴酒不沾，这次却尽兴喝了半杯十堰米酒。老师谈兴很浓，回忆了当年教学生涯的点点滴滴，回忆了自担任政协副主席职务以后，为济宁历史文化建设建言献策以及取得的成就。我感受到，老师虽然身居要职，但内心深处，依然保有文人的风骨。放眼济宁，无论是南池公园，还是白衣尚书纪念馆，无论是微山湖、大运河漕运文化，还是李白、乾隆历史文化，无不浸透着老师的心血和汗水。老师的人格魅力和文学学术精神，鼓舞带动了各行各业一大批文坛后进，孜孜不倦，笔耕不辍。

午餐后，我和天慧护送老师回小区休息，老师带我们游览了小区里的植物园，坐在林荫小道边的连椅上，老师又从树立正确的国家观、历史观等方面对我们谆谆教诲，告诫我们写文章、写作品，一定要弘扬正气、传播能量，鼓励我们趁着精力充沛多写、多出佳作，两个小时不知不觉过去了，天色已晚，我们依依不舍告别老师，开始返程。

济宁之行，收获满满。汽车飞快地行驶在通往滕州的公路上，车窗外的景色一闪而过，老师的教诲和嘱托却在我们的耳畔久久回响着，回响着……

返滕后，李天慧老师夜不能寐，赋诗两首，抄录如下：

任城拜访恩师二题

张九韶老师

谙记当年隽语谆，谨良谐趣艺超伦。

而今耋寿犹矍铄，命笔如椽著等身。

杨景生老师

昔日才英少俊郎，鳌头乡梓曜名扬。

愚生受业学门下，师友情浓续远航。

（2020年5月25日）

老师张九韶先生

　　40年前的1980年，我有幸挤过了高考独木桥，怀着对未来的美好憧憬，离开滕县（今滕州市）老家，来到济宁师专（今济宁学院）中文系就读。

　　那个年代，高考录取率很低，考生竞争激烈，考上的都是幸运儿，但作为师专生，身份多少有些尴尬，比起本科生，不仅学制少了两年，而且所在学校规模比起本科大学也差了许多。当年济宁师专最气派的建筑，就是老师们在课堂上时而调侃几句的学校大门，再就是刚落成不久的理科教学楼（局部五层），校园内多老旧的红瓦房。少数填报志愿滑档的高分同学，对录取到师专耿耿于怀，认为明珠投暗，对于我本人来讲，因为偏科，尽管以全校语文最高分入学（后来新生摸底考试文理科统一考试语文，又考了个全校第一名），但高考数学成绩实在太寒碜，只考了22分。类似我这样的学生，考上师专，命运女神已经眷顾到家了。

　　著名教育家梅贻琦先生有言："所谓大学者，非谓有大楼之谓也，有大师之谓也。"诚如斯言，学校的硬件设施虽不敢恭维，但引以为傲的是，济宁师专在当年山东八大师专中师资力量名列前茅。尤其是中文系，很多老师毕业于名牌大学，不少老师学富五车，已经是蜚声全省的学者和专家。入学不久，即陆续见到了那些在高考语文复习资料中仅见到姓名的老师（当年济宁师专中文系编写的高考语文复习资料，很受济宁及其周边地区考生欢迎），聆听到了风格迥异甚至性情古怪的教授和讲师、助教精彩的课堂教学，使我们对学校刮目相看。

开学后不久的一天早晨，中文系两个班的同学端坐在二楼联合教室（我们那个年级两个班，除晨读和晚自习，基本都是共同在联合教室上大课），静静等待着上写作课。伴随着上课铃响，进来一位衣着整洁、身材比较瘦削的老师，40岁左右，黑黑的头发，睿智冷峻的目光仿佛能够洞穿一切，隐约透出一丝知识分子的傲骨，五官棱角分明，酷似当今的某位电影演员，他就是张九韶先生。而对于张老师，我们早已闻知大名，老师少负才情，品学兼优，滕县一中的高才生，高中时即在《山东文学》发表散文，毕业于曲阜师范大学中文系，因教学成绩优异，写作成果丰硕，从微山三中聘任到济宁师专带写作课。

老师作了简单的开场白以后，即以抑扬顿挫的语调、不紧不慢的语速切入课堂主旨，结合高考作文讲到了写作的审题和立意。这一年，老师参加了山东省高考语文作文评卷。1980年的高考作文，提供了一则题目为《画蛋》的文字材料：意大利文艺复兴时期的伟大画家达·芬奇，少年时期向佛罗伦萨著名画家佛罗基奥学习反复画蛋，终成一代宗师。要求考生以《读〈画蛋〉有感》为题，写一篇作文。老师讲到了他亲自阅改的一篇在审题立意上出现了严重失误的作文。在同学们哄笑之余，老师幽默又不失严肃地告诫我们：写作审题切忌望文生义，否则，生拉硬扯，下笔千言，离题万里。老师的第一节课，给我们留下了深刻的印象。

我至今以为，大学写作是一门比较难教的课程，涉及文学、美学、历史、逻辑、训诂、修辞等门类，师者还要有比较丰厚的写作素养和创作积淀，还要体现准确、鲜明、生动的文风，讲好真的不容易。事实上，老师每次上课，很少携带课本资料，就是几支粉笔，一节课50分钟，连续两节课，要言不烦，侃侃而谈，旁征博引，融会贯通；老师很少板书，偶尔板书，规范而飘洒的字体，总是起到提纲挈领、画龙点睛的作用。听老师讲课，是真正的文学熏陶和精神享受，总是感觉时间过得非常之快，往往在我们意犹未尽的时候，老师已经结束了今天的课程，于是，共同期待老师的下次光临。现在回忆起来，老师的课堂教学，如果认真整理笔记，都是一篇篇精当非常的写作理论和实践的阐述总结。老师用一双无形的手，给思路封闭狭窄的我们打开了一扇窗——写作理论不是晦涩难懂的天书，作文也可以另辟蹊径这样写。

过了一段时间，为了检验学生初步的学习效果，摸清学生的真实写作水平，老师布置写作文了。第一篇是命题作文——《来上大学的头一天晚上》，有事件（上大学）和时间（头一天晚上）的限制，主要考查学生的审题和谋篇布局能力。同学们积极性很高，不到两天时间，即交了作业。学生作文，老师是第一读者，能得到老师的认可并且得高分，当然是每个同学的愿望。等到下个星期评讲作文的时候才发现，老师对写作的要求是那样的严苛，赋分是那样的吝啬，近100名学生中很少有优秀者。在讲评中，老师把同学们作文中存在的通病一一指出来，还不留情面，对少数同学作文的知识和逻辑性错误提出了批评和纠正；把得分80分以上的6位同学的姓名，工整地板书予以表彰。很幸运，我的名字赫然列于其中！其实，老师并非故意为难我们，因为我们学的是师范专业，毕业后要为人师表，面对的是广大中学生，没有学生时期的严格要求和勤学苦练，基础哪会打得牢！

时序深秋，老师布置了第二篇作文，题材不限，题目自拟，写一篇散文，我平时属于比较闲散慵懒的类型，晚自习喜欢去阅览室读课外书，等大部分同学把作文都交到我（我是二班学习委员，负责收本班作业）这里以后，我才着了慌，开始构思作文，准备向老师交差。这天晚自习结束后，我和几位同学没回宿舍，而是偷偷溜到理科楼四楼楼顶玩，在略有寒意的秋风吹拂下，俯瞰着济宁城中星星点点的万家灯火，我忽然来了灵感，这古城的灯光，千年绵亘，峥嵘岁月里，演绎了多少不平凡的历史，而今，新的时代，古城正在蓄势待发，蕴含着无限的生机！我的思绪立时沸腾，睡意全无，一个人回到教室，趁热打铁，以《古城灯光抒怀》为题，用了不到两个小时，一气呵成，写了一篇抒情散文，全文以灯光为主线，回顾任城千年历史，展望济宁光辉未来。等我回到宿舍，已经是凌晨两点多了。

过了几天，老师突然找到我，告诉我说，你这次作文写得还可以，我已经向学校提出申请，经教务处批准，让打字员把作文打印出来，准备上公开课讲评。我受宠若惊，一篇普通的作文，能得到老师的首肯，并且劳驾打字员老师用铅字打印出来，这对我来说是多大的荣耀！公开课那天，联合教室济济一堂，中间过道和后排空间，坐满了前来听课、观摩的学校及教务处的领导和中文系以及外系的老师，师生人手一份打印好的作文材料。老师以他富有磁性的声音范读了我的作文。

讲评中，老师首先肯定了作文的立意体现了时代特色，内容跨越千年时空，主线明晰，符合散文"形散神不散"的要求，语言也比较流畅，是一篇比较成功的作文，但是，与精益求精的标准，还有不小的距离；接着，老师引导同学们共同对我这篇作文逐字逐句进行了修改。修改后的作文面目全非，但意境更加高远了，内容更加凝练了，表达更加准确了，逻辑更加严密了，大家得到了一次共同提高。现在看来，我那篇作文写得比较幼稚，属于宏大抒情，有鲜明的时代印记，但以公开课的形式评讲打印好的学生作文，当是老师的首创，我不知道此前此后有没有师兄师姐、师弟师妹获得过如此殊荣，但这一课，对我的影响与激励却是终生的。以后不论是做教师辅导学生作文，还是在政府机关从事公文写作，或是今天从事业余写作，老师具有鲜明个性的文风和严格的写作要求，无时无刻不在影响着我、规范着我。

20世纪80年代的我们，充满着对于文学的幻想和追求，我和几位喜欢文学的同学，平时经常交流学习写作体会。傍晚，有时候陪老师在校园里散步，老师总是鼓励我们多读多写，大胆投稿，不怕失败，并且以安徒生童话《丑小鸭》的故事激励我们。同学徐晖非常用功，勤奋写作，坚持投稿，他写的短篇小说《温暖》，引起了现代文学巨匠、时任四川省作协主席的艾芜先生的关注，并推荐到《四川青年》发表，一时在中文系引起轰动，老师们也非常高兴和欣慰。徐晖是1977年恢复高考以后，济宁师专中文系第一位在省级刊物发表作品的学生！老师则在繁忙的教学研究之余，时有佳作发表，老师约稿比较多，我和贾长岭等同学有时候为老师抄写稿件，抄写过程中，也进一步领略学习了老师的写作笔法和文字特点，这是近水楼台、更直观的学习。

在我们毕业后的第二年1983年，老师的散文《爱，撒满辽阔的湖面》在《中国教育报》举办的以教育题材为内容的散文征文中，获得一等奖；1992年，老师的散文《太阳味儿》，又获得了《中国校园文学》征文一等奖。一时，"太阳味儿"成为流行全国的时髦用词。两篇短短的散文，影响了包括我在内的千千万万几代读者！读《爱，撒满辽阔的湖面》，我会被女教师不惧艰苦、奉献湖区教育的精神所感染；读《太阳味儿》，又为班主任老师对学生的无言大爱及文末力透纸背的抒情所泪奔。如同《背影》和《荷塘月色》奠定了朱自清先生在中国现代文学史上的地位一样，毋庸置疑，《爱，撒满辽阔的湖面》和《太阳味儿》，同样奠定了老师在新时期散文界的地位，这两篇散文连同老师的其他佳作和著作，使老师成为实至名归的济宁市文化泰斗和标杆，也使作为学生的我们感到无比自豪。

20世纪90年代中后期，老师跨世纪连任两届济宁市政协副主席。以儒家"入世"的角度看，"学而优则仕"是不少传统知识分子的读书追求，无可厚非；但这绝不是老师的人生初衷，对于老师来说，应该是"仕而优则学"。老师任职政协的时段，没有因繁忙的公务影响本职工作，相反，处于创作的黄金时期，佳作频出，同时作为中文系教授，还要给济宁学院的学生上课。老师怀着一颗知识分子的初心，为打造文化济宁发挥了自己的独特作用，通过提案和建议，力推济宁市诸多文化设施建设，赢得了从领导到基层的广泛赞誉和尊重。

如今，虚龄八帙的老师，并没有因年届耄耋而居家安养天年，仍在发挥余热，关注、推动地方和学校文化研究和设施建设，提携文学后进，并笔耕不辍，时有佳作面世，彰显了老师作为一位德高望重的文化泰斗对于社会的责任担当。"为什么我的眼中常含泪水？因为我对这片土地爱得深沉。"诗人艾青先生的著名诗句，为老师晚年的无私担当和奉献精神做出了最好的诠释。

（本文登载于2020年9月《济宁文学》，有改动）

春风化雨

——追思王牧天老师

时光回溯到1982年，那个时候的我，20多岁，家当只有一个手提箱，老家在偏僻农村的穷学生；王牧天老师50岁出头，是名扬山东省内外的中学语文特级教师、学者、作家和诗人，滕县教育局教研室主任。

7月初，面临毕业分配，系主任杨绪太先生，是王牧天老师曲阜师范大学同学，把我叫到办公室，告诉我，按照省里要求，今年毕业生分配，学校没有留校生指标，学校原打算从中文系应届毕业生中物色一个济宁师专学报校对兼助理编辑。根据政治思想和文字能力等各方面条件（我是班级学习委员，每个学期都被评选为"三好学生"），系里初步推荐了我，建议我分配去省直单位肥城矿务局工作，待遇比地方高得多。但是，我兄妹五个，我是老大，工作以后有责任有义务带着弟弟妹妹上学，为父母分担家里的困难。如果去肥城，一北一南，距离老家越来越远，因此，我非常感谢杨主任的厚爱，但还是要求回滕县。离校前夕，杨主任写了一封推荐信，嘱咐我带给王牧天老师。杨主任在信中简要介绍了我在学校的表现情况，要王老师费心关照，把我分配到合适的单位。怀着对杨主任和老师们的感恩之情，我依依不舍地离开了母校，到枣庄报到。当时毕业生分配回原籍，要先到地级市报到，由人事部门二次分配和派遣。

　　7月中旬的一天，我冒着酷暑，坐了140多里路的长途汽车，到枣庄市人事局拿分配令，但上面写着去枣庄市教育局报到，这意味着我将留在枣庄市直学校。眼看着回不成滕县了，经过几天的软磨硬泡，铁心回归的我终于感动了枣庄市人事局那位态度和蔼的调配科领导，将我改签到滕县。这天上午，我到枣庄三中拜访在此任教的济宁师专1978级物理系的学长王昌信先生，昌信老师告诉我："你要找的王牧天老师，今天正巧在枣庄三中参加教研活动，我领你去！"昌信老师带着我下了办公楼，校园里树荫下，有不少学者、老师在那里交谈，应该是教研活动休息时间，昌信老师指着其中一位中等身材的老师说："那位就是王老师，快去吧！"

　　脑海里多次想象中的王牧天老师，应该是高高的个子，严肃的表情，要戴着一副高度近视镜，镜片后面是深不可测的目光，令人生畏，但眼前的王老师，没戴眼镜，穿着随和而整洁，头发一丝不苟地向后梳拢，微胖的脸庞上，一双和善的眼睛，睿智的目光给人以值得信赖的踏实感，令人心生无限温暖。王老师看了杨主任的信，没有客套话，直接询问我分配意向。我禀告王老师，希望能留到县城里，如果实在不行，可以分配到母校滕县三中，距离老家近一些，让老师费心了。王老师叫我抓紧回滕县报到，他回去以后就找有关领导协调一下，我被王老师的平易近人深深感动了，王老师简单的几句话，一下拉近了我与王老师的距离，先前还孤立无助的我，几乎流着眼泪离开了王老师，坐车返回滕县。

　　领分配通知那一天，教育局人事科通知我去滕县二中报到，我欣喜终于留城了！后来才知道，1982年，县教育局为了平衡东西部教育发展水平，改变东部山区教育落后面貌，当年毕业回滕的大中专师范生，相当一部分去了山亭、徐庄、辛召等东八社（滕县东部的八个公社简称，1983年划入山亭区），留在城里的成了幸运儿，而我则是其中之一。不谙世事头脑简单的我，不会知道王老师为了我的分配费了多少周折。而这，仅仅是为了济宁老同学的一纸嘱托，和一个非亲非故、从不相识，在县城两眼一抹黑的年轻学生。为了感谢王老师，我好不容易打听到了王老师的家，拎着两个可怜的西瓜登门拜谢，王老师热情接待了我，并嘱咐我要格外珍惜岗位，珍惜年华，做一个合格的中学语文老师。如果说，考上大学是改变自己命运放飞梦想的开始，而分配留城，则是改变我的家庭和弟弟妹妹命运的契机。在当年举目无亲的滕县县城，与我素昧平生的王老师，从此成了我不是亲人、胜似亲人的敬爱的老师和长辈。

在此后至今将近40年的岁月里，或是在学校，或是在机关，或是去外地参加语文教研会，或是教育局机关干部迎新茶话会，我与王老师多有交集。王老师助人为乐的大爱之心和高尚人格，对我潜移默化的影响，渗透了我工作生活的方方面面。偶尔外面有求我帮忙的人和事，我总是换位思考，总会情不自禁地想到当年王老师对我的帮助和关怀，就会应允且全力而为，对于弱势者更是如此。王老师离休以后，时间充裕了，进入了晚年写作创作的黄金时段，每当有作品集问世，他老人家总会想着我们，都要亲自签名钤印，惠送我和爱人，使我们得以先读为快。王老师是文学大师，文字语言富有节奏美、音律美，而每次与老人家交谈，或聆听老人家讲座，灵魂都会得到一次净化，思想都会得到一次启迪，境界都会得到一次升华，如坐春风，如沐春雨，春风化雨，滋润心田。

在微信大行其道的时代，王老师主动接受并适应高科技新事物，学习使用微信。在与王老师微信往来的几年里，我有幸通过微信帮着王老师校改过多篇稿件，王老师在微信里对我的写作也给予了及时的鼓励和指导，使我能够坚定信心，按照适合自己的路子写点散文和随笔，打发业余时间。而对于我偶尔的偏激和不恰当的文字，王老师也会委婉地提出批评。有一次，王老师从朋友圈里看到我对滕州一幅书法作品的评价文字，去看望老人家的时候，王老师说："你对人家的书法提出批评，说得太尖刻，对你来说无所谓，人家书法家还得指望这个吃饭呢！"一番告诫，说得我口服心服，我当场删除了朋友圈那篇不合适的文章。

近年来，我们基本上是一年去看望王老师一次，平时不敢打扰他老人家，每次看望王老师，也是难得的与王老师面对面交流学习的宝贵机会。2020年6月7日上午，我和爱人再次去龙腾花园小区看望王老师，把滕州一中高中校友、济宁市政协原副主席、济宁学院中文系教授、我的老师张九韶先生委托我转赠的长篇小说《龙吟大湖》（张九韶著）送给了老人家，王老师精神状态非常好，欣然与我们合影留念，还把他所钟爱并反复阅读的著名漫画家韩羽的随笔集《韩羽小品》送给了我，让我认真学习，启发写作思路。从其他朋友的微信里看到，这期间，王老师还陆续接待了好几批拜访者。谁也不会料到，我们这次看望，竟是与王老师的永诀！难过之余，翻看微信，悼念王老师的文章、诗词、挽联铺天盖地，彰显了王老师的崇高威望和人格魅力。虽然我知道随着王老师年事渐高，这悲伤的一幕最终会来，但心里还是祈望来得越迟越好。一位精神矍铄、思路敏捷、笔耕不辍、临池不止、步态轻捷的九帙老人，生命之火遽然熄灭，给无数敬慕、爱戴王老师的友人和学生留下了无尽的哀思和怀念。

一个人的真正死亡，是人们对他的遗忘，对于王老师来说，却非如此。王老师是一座丰碑，王老师是一座大山，丰碑永矗，青山不老。王老师的音容笑貌、诗书光华和人格魅力，会永远存留在我们心中！

（本文分别登载于2020年7月《滕州日报》，2020年12月《善国文化》，有改动）

师生茶话会致辞

老师们、同学们：

33年前，同学们恰逢青春年少、风华正茂，怀着天真美好的梦想，从滕州、山亭和枣矿、鲁化、店子部队、王开医院、东北等地汇聚滕州二中，开始了刻苦的高中学习生活。30年前，同学们学成毕业，离开了二班，离开了母校，奔向了滕州内外的四面八方。20年前，在滕州广交宾馆，我们举行了毕业10周年聚会，师生欢聚一堂，畅叙友情；10年前，在滕州新苑大酒店，同学们举办了毕业20周年师生聚会。今天，在这丹桂飘香、普天欢度丙申中秋佳节的大喜日子里，同学们再次从各地聚首滕州，举办毕业30周年茶话会，邀请科任老师参加。我作为你们的语文老师与班主任，思绪万千，心情激动。首先，我对于同学们拳拳的感恩之心，对于全体同学特别是筹备组同学真诚而辛苦的劳动和付出，表示衷心的感谢！道一声：同学们辛苦了！

同学们，30年，对于每个人的人生，都是一个漫长的生命过程。30多年来，你们走过了一条条各具特色、精彩多姿的人生奋斗之路。你们从为人子、为人女，到为人夫、为人妻，再到为人父、为人母，少数同学今天已经是为人祖父母（外祖父母）了，事业和家庭收获了累累硕果，修身齐家在你们身上得到了最好的体现。作为老师，我为你们取得的所有成就，感到骄傲和自豪！

30多年来，我们共同见证了祖国和滕州包括母校翻天覆地的变化。从改革开放、工业化到信息化浪潮和高铁时代，变化，改变着我们的生活，改变着我们的观念，改变着我们认知世界的方式，始终不变的，却是师生之间无私的真情。

难忘你们教室里聚精会神、苦读钻研的面孔；难忘你们跑道上、球场里生龙活虎、奔跑跳跃的身影；难忘你们歌咏比赛嘹亮高亢的歌声；难忘全体师生共同畅游曲阜"三孔"，泛舟微山湖上，登临龙山顶峰……那个时候，工作学习条件虽然艰苦，但是，我们师生同心同德，群策群力，把二班打造成一个学风最浓、班风最正、成绩最好，具有高度向心力和凝聚力的优秀集体。几十年来，二班从未改变，从未解散，这已成为我们师生的共识和宝贵的精神财富。岁月改变了我们的容颜，甚至改变了我们的形体，但是，这笔财富愈加珍贵，它犹如一杯清醇的美酒，虽历经沧桑，却历久弥甘！这么多年来，我经历了不同的工作单位和岗位，也正是这笔财富，使我自豪，催我奋进，激励我努力工作，热爱生活。做你们老师的日子，是我一生中最有意义，最有价值，最值得回忆的时光！

这些年来，曾经任教二班的李昌贵老师、关文湘老师永远离开了我们；就在半个月前，宋效良老师不幸去世，宋老师也是我的恩师，我与部分同学代表参加了宋老师的告别仪式；你们同一届其他班，也有好几位同学英年早逝。对于去世的老师和同学，我们表示深切的怀念。我们班的其他几位科任老师，因为居住外地，或者年事已高，行动不便，抱憾不能参加今天的聚会，让我们一起祝福他们健康长寿！

同学们！几十年来，包括今天，你们一直以自身的实际行动，诠释着什么是感恩，什么是尊师重教。其实，作为老师，当年我们许多地方做得并不到位。比如，对你们的关心和关爱不够，思想工作还没有春风化雨般的耐心、细心，有时候批评过于严厉等。这么多年来，同学们对于老师的涌泉相报，在感动、教育、鼓舞着我们。作为老师，我们最大的心愿，就是看到你们学有所成，报效父母，报效家乡，报效祖国；我们最高兴的事情，就是看到你们事业有成，家庭和睦，子女成才，人生幸福。现在，你们早已不是当年无忧无虑的小伙子、小姑娘，你们已经人到中年，正在担负着重要的家庭和社会责任，真诚地希望你们不辜负母校和老师的厚望，不忘初心，珍爱生命，关爱健康，终身学习，努力奋斗，收获人生更加辉煌灿烂的成果。

同学们！人事有代谢，往来成古今。过去已成历史，未来时不我待。希望各位同学，以今天为新起点，把师生聚会点燃的激情，转化为干事创业的新动力，追求事业和家庭的成功，续写人生发展的新篇章！

最后，祝各位老师和全体同学家庭幸福，身体健康，万事如意！

师生情谊、同学友谊地久天长！

2016年9月16日，滕州二中1986届高三·二班全体同学举办了毕业30周年师生茶话会，邀请科任老师参加，我作为当年二班的语文老师和班主任应邀参加并致辞。

感谢《滕州精神家园》今日编发这篇致辞原文。

致敬教师节！祝福我的所有学生！

（2021年9月10日）

一部电影一部书

　　1965年，红色故事片《烈火中永生》上映，那时的我，还是个一年级的小学生，朦胧记住了电影里的主要人物：许云峰、江姐、双枪老太婆、"疯老头"华子良、小萝卜头；到上小学五年级的时候，我读到了人生的第一部长篇小说《红岩》，看着小说里似曾相识的主人公，我约略知道了电影《烈火中永生》改编自《红岩》。《红岩》是为重庆解放前夕，从渣滓洞、白公馆国民党集中营大屠杀时幸免于难的共产党员、革命志士罗广斌、杨益言和刘德彬，在集体合作的革命回忆录《烈火中永生》基础上创作的长篇小说。在那个黎明前最黑暗的时刻，因叛徒出卖，川东的共产党地下组织和重庆的共产党地下刊物《挺进报》遭到了严重破坏，许云峰、江雪琴、成岗、余新江、刘思扬等地下革命工作者先后被捕，他们坚拒国民党特务的威逼利诱，在魔窟里受尽酷刑，敌人为了得到口供，妄图用炎热、蚊虫、饥饿和干渴动摇革命者的立场，但在共产党员的崇高信念和视死如归的钢铁意志面前，敌人的可耻伎俩和残暴手段一再碰壁，一败涂地，从而保护了同志，保存了组织，他们以生命和热血践行了入党誓词。小说再现了这样一段跌宕起伏、惊心动魄的真实历史，塑造了以许云峰和江雪琴为代表的一批优秀共产党员的光辉形象。

　　《红岩》1961年12月正式出版，60年来，重印113次，再版2次，总印数超过了1000万册，作为新中国成立以来最为著名的红色经典小说，感染、教育、激励了千百万读者；根据《红岩》改编的红色电影《烈火中永生》，影片中的两位主要人物形象许云峰和江雪琴，由两位杰出的电影表演艺术家赵丹和于蓝主演。两位电影表演大师在影片中所塑造的光辉形象，其思想和艺术高度至今无人超越。文学来源于生活，革命的文学作品，一定来源于血与火、生与死的革命斗争历史，《红岩》和《烈火中永生》，无疑是其中最优秀的作品。《红岩》作者曾不止一次地说："《红岩》这本小说的真正作者是那些为革命献身的先烈。"这并非谦虚，小说中最动人的情节、最令人崇拜的英雄，都有现实依据和人物原型。小说凝结着烈士们的鲜血，是一本真正的"血写的书"；而据此改编的电影《烈火中永生》，无疑也是一部浸透了烈士鲜血的红色经典影片。

　　50多年来，红色经典伴随着我的成长。我和成千上万的同龄人一样，目睹了我们国家翻天覆地的发展变化，亲历了改革开放波澜壮阔的伟大实践，随着年龄的增长和生活阅历的不断丰富，对于红色经典的认识也在逐步加深。特别是进入21世纪以来，我多次从网络电视上观看红色电影《烈火中永生》，重新阅读长篇小说《红岩》，每次都被电影、小说中的人物形象和故事情节感动得热泪盈眶。

　　2018年，我到过重庆，专程探访了国民党特务机关曾经关押、杀害共产党员和革命志士的重庆歌乐山渣滓洞和白公馆遗址，凭吊革命烈士。昔日阴森恐怖，关押共产党员和革命志士的国民党集中营，已经辟为革命烈士纪念地，绿树成荫，环境静穆，游人如织。置身其中，我仿佛看到了1949年11月27日，国民党特务在渣滓洞进行血腥屠杀的野蛮场景，脑海里又浮现出电影《烈火中永生》里，许云峰和江雪琴从容就义之际，与同志们、难友们挥手诀别的难忘画面。渣滓洞、白公馆革命烈士纪念陈列室里，张贴着近300幅革命烈士遗像、名录（相当一部分烈士连照片都没留下，仅有名录），其中有许云峰的原型许建业，江姐的原型江竹筠，成岗的原型陈然，刘思扬的原型刘国志……他们中的大部分人，很多都是富家子弟和大学学生，有着优渥的家庭生活，但是，为了崇高的革命理想和信念，为了推翻国民党的反动统治，他们不屈不挠，视死如归，抛却一切，牺牲在重庆解放的前夜，没有看到他们终生为之流血奋斗的新中国的诞生。

红岩烈士是党在革命战争年代牺牲的成千上万烈士中的一个光辉的群体，他们所展现出来的牺牲个人、保全组织，坚贞不屈、永不叛党，严守纪律、勇于斗争的共产党员的崇高品质，同井冈山精神、延安精神一样，成为我们党宝贵的精神财富，它包含着革命烈士对共产主义信念的坚定追求，对共产主义真理的执着坚持，是革命先辈为国家、为人民无私奉献的真实写照。在奋斗百年路、启航新征程的新时代，这种精神不可缺少，历久弥新，永远不会过时。

我们这一代，生长在红旗下，沐浴着共和国的阳光雨露，从小接受革命传统教育，自然明白"听党的话，跟党走"这句话的分量所在。在庆祝建党100周年，实现中华民族伟大复兴的新征程中，我们仍然要从《烈火中永生》《红岩》等红色经典中汲取力量，坚定"四个自信"，做到"两个维护"，为实现"两个一百年"奋斗目标，不忘初心，牢记使命，顽强拼搏，奋勇前进。

（本文登载于2021年6月《滕州日报》，有改动）

采风羊庄

　　2021年4月25日，滕州市华夏文化促进会在会长刘凤礼同志的率领下，组织全体会员进行红色采风活动。2021年是党的百年华诞，站在新的历史起点，回望党从石库门到新华门的辉煌历程，方能更加坚定不忘初心跟党走的必胜信念。因此，这次采风活动中一个重要的内容，就是赴羊庄镇参观考察中共滕县县委、滕县抗日民主政府旧址纪念馆，瞻仰鲁南铁道大队（铁道游击队）第一任大队长洪振海烈士墓。

　　仲春时节，田野披绿，蒙蒙细雨中，滕南大地更显郁郁葱葱，呈现出一派盎然生机。大巴车冒雨直奔羊庄而行，羊庄镇地处滕州东南隅，周边为丘陵环抱，东部即是毗邻沂蒙山区的东山里（原属滕县，1983年划枣庄市山亭区所辖），特殊的地理位置，在抗日战争和解放战争时期，使羊庄成为滕沛微湖地区党的地下武装联通东部山区革命根据地的交通枢纽和战略要道。

　　这是一片红色而神奇的土地。80多年前的1939年2月，正值全国抗日战争战略相持阶段，中共滕县县委和滕县抗日民主政府在羊庄镇大赵庄成立了，它标志着在党的领导下，滕县人民抗日武装斗争进入了新阶段，开辟了新局面。在复杂严峻的战争形势下，为适应对敌斗争的需要，根据中共山东分局的指示，滕县县委历经多次改组、分建，领导人民浴血奋战，充分发挥了抗日先锋队作用。1944年4月，以新滕东县委为基础，在今羊庄镇庄里村开明士绅故宅复建滕县县委；1948年7月，解放战争后期，滕县第二次解放，在庄里村第二次复建滕县县委，随后县委机关迁往县城。羊庄的红色历史，是与滕州（滕县）的红色历史紧紧相连、密不可分的，因此，滕州党史把羊庄镇誉为"滕州的延安"确是当之无愧。战争年代，羊庄镇共有132名烈士为祖国和人民献出了宝贵的生命，羊庄镇也成为我市拥有革命烈士最多的乡镇之一。而鲁南铁道大队第一任大队长洪振海烈士（长篇小说《铁道游击队》主人公刘洪的原型之一，另一位是刘金山），就是其中的光辉代表。

在羊庄镇党委书记黄传军等党政领导的陪同下，滕州市华夏文化促进会会长刘凤礼首先带领会员们赴庄里村参观中共滕县县委和滕县抗日民主政府旧址纪念馆。这个纪念馆是2013年羊庄镇党委、政府在原县委旧址的基础上修复重建的。纪念馆通过大量的历史文物、历史照片和翔实的文字资料及影像，以党的核心精神价值为主线，重点展示了中共滕州党组织的建立、发展、壮大的革命历程和滕州人民在党的领导下勇往直前、奋力拼搏所取得的辉煌成就。羊庄镇人大副主席张兆登同志义务担任讲解员，张兆登长期致力于考证、研究羊庄、滕州及鲁南地区的红色斗争历史和文化，在推进羊庄红色遗址、景点修复建设中发挥了独特而重要的作用。聆听着张兆登如数家珍的讲解和介绍，观看着一件件实物和照片，会员们受到了一次实实在在的党史教育。纪念馆是一部鲜活的历史教科书，形象再现了滕州人民在党的领导下不屈不挠的奋斗史。

洪振海烈士的家乡大北塘村，在羊庄镇驻地东北约8公里处，该村位于庄里水库西南，薛河西岸，驳官公路沿村西而过。洪振海烈士墓坐落于村南洪氏家族墓地中央，墓前矗立有鲁南铁道大队政委、滕州柴胡店籍的杨广立将军亲笔题写碑文的纪念碑。2015年6月23日，洪振海烈士墓被山东省人民政府公布为山东省第五批省级文物保护单位。淅沥的春雨中，洪振海烈士墓园愈发庄严静穆，肃立在烈士墓前，我们仿佛看到了当年英姿勃发的洪振海，又飞身跃上了疾驰的日寇列车，投入新的战斗；看到了洪振海为掩护战友突围，与敌人殊死搏斗、英勇牺牲的壮烈场面……

张兆登同志主持了瞻仰仪式，他动情地说："洪振海烈士，滕州市的老领导和华夏文化促进会的同志们看望您来了，抗日战争，您为争取民族解放，流尽了最后一滴血。今年，我们党迎来了100周年华诞，我们的祖国已经全面建成了小康社会，人民生活幸福，安居乐业，所有这些，您已经看不到了，享受不到了，但是，党和人民一直没有忘记您，会永远铭记您的丰功伟绩，继承您的遗志，为把祖国和滕州建设得更加美好而努力奋斗！洪振海烈士，安息吧！"大家眼含热泪，任凭雨水打湿了衣服，怀着崇敬的心情，向洪振海烈士三鞠躬。

对于滕州人民来说，洪振海不仅是一位长眠在故土的英雄，他更是滕州人民共同的精神图腾。多少年来，根据鲁南铁道大队和洪振海等抗日英烈事迹创作改编的小说、戏剧、电影、电视剧，从滕州、枣庄传遍五湖四海，也教育鼓舞激励了一代又一代滕州人，为改变家乡面貌、建设美丽富强的新滕州不懈努力奋斗。

紧张而富于教育意义的采风活动结束了，大巴车行驶在返程的道路上。在长眠着洪振海烈士的这片红色土地上，庄里水库一碧万顷，水泥公司的机器轰鸣，田成方，路成网，青山绿水，一片欣欣向荣的景象，过去长期贫困落后的半山区，已经旧貌换新颜，这是在英烈精神的感召下，羊庄镇一代代干部群众艰苦奋斗、努力奉献取得的硕果。

传承烈士精神，赓续红色血脉，千秋伟业，百年恰似风华正茂。祝愿羊庄的明天更美好，滕州的明天更美好。

（本文登载于2021年12月《滕州精神家园》，有改动）

"放高潮"
——火红年代的火红记忆

今年春天，滕州市教体局机关离退休党支部组织局机关干部、老同志参观龙阳知青博物馆、马河水库（龙湖）历史展览，看完展览，感触颇深。修建岩马水库、马河水库，是滕州市境内实施的两个重大水利建设工程。岩马水库开挖修建于1958—1960年；马河水库开挖修建于1959—1960年，而岩马水库是山东省十大水库之一。修建这两座水库，饱含着我们父辈那一代人的汗水甚至鲜血的付出。

60年前的生产力还比较落后，缺少现在普遍使用的大型挖掘机和载重汽车，修水库、挖河不像现在修三峡大坝、修京沪高铁，主要依靠大型工程机械自动化作业，当时还是属于劳动密集型工程，一般都是冬季农闲时节，实施"大兵团"人海作战，民工来自滕县和济宁市其他县，几万人、十几万人的劳动场面，非常壮观，开挖土石方基本依靠民工肩挑筐抬、独轮车推。

在各级干部的率先垂范带动下，挖水库的民工干劲十足，其中有个"放高潮"的场面。十冬腊月，有先进的连队喊出"放高潮"的口号，尽管工地上寒风凛冽，天上下着雪粒子，但抬筐的民工一律脱了棉袄，光着膀子，你追我赶，掀起抬土新高潮，如果动作慢了点，会冻得瑟瑟发抖。"放高潮"渲染了水库工地热火朝天的劳动气氛，形成你追我赶的劳动场面，大大提高了劳动生产率，加快了工程进度。

我老家有个堂三老爷，外号"高潮"，就是在开挖岩马水库时得名的。他老人家有点关节病，怕寒怕冷，一到"放高潮"，就赶紧躲到草庵子（工棚）里，用棉被蒙上头，过了半天，才敢探出头问别人"高潮过去了吗？"修完了岩马水库，三老爷落了个外号"高潮"！

其实，那时的"放高潮"，就是一种打擂形式。在那个火红的年代里，几千年来第一次组织起来的新中国农民，对于党和国家怀有一种朴素的热爱和信任感情，这种感情经过干部和积极分子的鼓舞带动，焕发出一种奋发向上、群情激昂的火热的干劲。在党的领导下，凭着这种干劲，人民群众战天斗地，改造山河，取得了举世瞩目的伟大成就。新中国历史不能割裂，更不能对立，没有那个年代集体力量治山治水，挖河修路，不可能有后来的江河安澜、河汉归流、庄稼稳产、百姓安居乐业，也不可能有20世纪80年代初期家庭联产承包制的顺利推行。

时代前进了，国家强大了，人民生活水平提高了，但火红年代的精气神和无私冲天的干劲没有过时，依然值得怀念，值得在新的时代发扬光大。

附：

我家的年味

　　1983年春节，我刚满七岁，还是个刚上一年级的懵懂女孩。这一年的春节，对于我家来说，年味特别浓。

　　1982年7月，大哥大学毕业，分配到滕县二中（今滕州二中）；大姐参加中考，考上了四年制的济南幼师。一个普通农家，短短几年内有两个孩子考上大学、中专，在村子里引起了不小的轰动。兄妹五个中，我是老幺，除了父母的偏爱，还有哥哥姐姐对我的疼爱。大哥周末从县城回家，经常给我带来好吃的大白兔奶糖和桃酥，还有好看的画本。一入冬，大哥的学校分了烤火煤，我们家第一次用上了憋拉器（一种用白铁烟筒往室外排烟的煤炭炉子），严寒里，简陋的堂屋渐渐变得暖和起来，没有了呛人的烟味，我家再也不用煤球炉子和玉米棒子瓤烤火取暖了。令我惊喜的是，大哥放假回家过年的时候，除了带有学校发的年货，还给我买了一件样式好看、绣着花朵的外套，套在我穿得有些变旧的小棉袄外面，我感觉自己成了骄傲的小公主。大姐也从济南放寒假回来了，给我们带来了省城的花样点心。

　　除夕夜，收音机里播放着春节相声和唱歌节目，院子外的大街上爆竹声响个不停，父亲照例去我叔家和他几个叔伯哥家喝酒说话，不知疲倦一直操持过年的母亲早已调好了馅子，大哥、大姐围坐在一起，帮着母亲包饺子，屋子里充溢着欢乐温馨的气氛。年迈的奶奶喝着茶，看着眼前的孙子孙女，反复唠叨二哥、二姐和我，要好生上学，以后像大哥、大姐一样，考个大学、"金砖"（奶奶有些聋，平时把"中专"讹听成"金砖"）。在和奶奶调侃的欢声笑语里，在子夜震耳欲聋的爆竹声中，全家人迎来了1983年新春。

又过了两年，临近春节的时候，大哥领来了干练、漂亮的嫂子，嫂子带给我的第一件礼物，是一件漂亮的赭红色上衣！比哥买的更大气，更好看，穿着更合身。哥嫂结婚以后，先后把二哥、二姐和我带出去上学，这中间，大舅帮助父亲筹办了水泥预制厂，家里的经济条件慢慢好了起来，也减轻了哥嫂的负担。以后的七八年时间里，每隔两到三年，家里总会有学生考学带来的惊喜，二哥、二姐和我先后考上了司法学校、卫校和中师，至此，兄妹五个全都通过升学改变了命运，走出了老家，走进了一个全新的世界。而我家每年的年味里，也多了兄妹们交流各自学校情况的话题。现在，我们小兄妹四个早已经建立了各自的家庭，哥嫂也早把父母接到了市里小区，住上了冬有暖气、夏有空调的商品房。我们的下一代，除一个还大学本科在读，其余四个孩子大学本科和研究生毕业后，分别在滕州、枣庄、苏州和上海参加工作，有三个孩子先后成家立业，有了各自的小家庭。

岁月流金，我家同千家万户一样，在改革开放的春风里迎来了一个又一个春节。年年岁岁人相似，岁岁年年"味"不同。每年的春节年味里，物资更加丰厚，气氛更加温馨。到我长大成人，才体会到，一年又一年，不断变化中的年味里，饱含着父母的辛勤劳作，哥嫂的默默奉献，兄妹彼此间心照不宣的奋发努力；一年又一年，孝心在年味中接续，责任在年味中传承。只是，奶奶早已高龄去世，兄妹们经常聚集在父母居住的小区，而善意调侃的中心人物变成了年迈的父母，母亲有些轻微的健忘症，我们经常向母亲提问过去的事情，以唤醒她已然衰老的思维，恢复她曾经的记忆。在大哥的带领下，兄妹5人轮流值班，照顾老人，做饭洗衣，24小时从未间断。

我想，将来的某一天，父母都离我们远行了，在有责任心和凝聚力的哥嫂的牵领下，我们兄妹仍然不会分开，苍茫的岁月里，不断变化的年味，依然会散发出令人回味的幽香。

（段修妍，滕州市北辛街道中心小学通盛路校区教导处副主任。本文登载于2021年2月《济宁文学》，有改动）

附：

远行的姥爷

2021年7月10日清晨，我的姥爷段成永先生，一位84岁的老人，悄无声息地走了，永远地离开了我们。

姥爷的健康状况从2012年开始急转直下，因而对于姥爷比较鲜活的记忆大多停留在我的童年和少年时期。

姥娘老家在滕州西北部，凫山山脉南面，后依北界河的一个村庄。在当地，段姓是个大家族，而姥爷、姥娘一生养育了五个孩子，也算是一个大家庭。小时候的暑假总觉得格外漫长，漫长的暑假我常在姥娘家度过大半。姥爷在舅姥爷的帮助下，在村里开了个水泥预制厂，平日也兼种地，这让姥爷在村里的经济收入处于比较不错的水平。听舅舅和妈妈说过，就是靠着这个小厂子，姥爷赚了钱，改变了家里经济困难的状况，供养五个子女读完了大学、中专，而兄妹五人也很争气，都在滕州市区有了不错的工作并安家落户，所以，姥爷的家庭，在20世纪八九十年代的十里八乡，知名度还是比较高的。直到现在，母亲每次提起姥娘、姥爷克服困难坚持让他们上学、考学的事都充满了感恩之情。

不过童年的我并不十分关心这个，只知道预制厂旁边两个巨大的沙石堆是我们这群孩子暑期"造反"的天堂。每天下午待暑气消散一些，我们总会不约而同地在大沙堆上集合，摔跟头、过家家、拿吸铁石吸沙子里的细铁末等，都是我们拿手的游戏项目。沙子余热尚在，有时踩上去还会烫脚，不过我们也不在意，我虽然是在城里长大的女孩子，但在沙堆游戏上却充满了竞争意识。等我们疯玩够了，就拍干净脚底板跑回了家。此时，原本堆得整齐如小山状的沙堆也被我们摧残得不成样子了，姥爷和其他大人也没有怨言，一边笑我们顽皮，一边重新把散落的沙子堆回去，沙堆静静地等待着，等待我们第二天新一轮的玩耍。

姥爷很抠门，在一个孩童的眼里，这种抠门是和姥娘的大方相对照的。姥爷虽然靠开预制厂过上了宽绰日子，但对钱却毫无概念，所有收入悉数由姥娘保管。做生意难免要被买主赊账，姥爷骑着那辆老式大金鹿讨来的钱，分毫不差全部上交给姥娘。母亲常笑话姥爷压根不知道自己挣了多少钱，我也常常想，姥爷这辈子应该没体验过"私房钱"的乐趣吧。姥娘对我们很宠爱，经常拿给我们十块、二十块钱让我们去买鞭炮、糖果等小玩意儿，如果这时候被姥爷看到了，他常会说："怎么给这么多？给五毛还不够？"这话每次都让我们哈哈大笑，姥娘也笑红了脸，责怪他："这几年五毛钱还能买着什么？"姥爷见我们笑话他，自己也被逗得嘿嘿直笑，还自言自语道："买块糖要这么多钱了？"听到他这样说，我们便笑得更厉害了。

虽然在给我们买小玩意儿等方面很抠门，但学习上需要花钱的地方姥爷从不含糊，每次回姥娘家，他总会叮嘱我要好好学习，将来考个好大学，还问我学费够不够。姥爷、姥娘对教育的重视从舅舅、妈妈那一辈延续到了我们，教育已经改变了一代人的命运，到了我们这一代更不能放松，姥爷当年大概是这样想的吧。

姥爷嗓门大、脾气急，但他的坏脾气来得快去得也快。姥爷年轻时在生产队当会计，因为性格耿直、办事认真时而和人吵架，但姥爷一辈子没骂过人，更不会说脏话，他和姥娘都善良厚重、同情他人、乐善好施。

谁家有困难总会尽力去帮助，对长辈尊重孝敬，对晚辈不分亲疏皆关照有加，所以姥爷在家族乃至整个村里威望都很高。好的家风可以影响几代人，姥爷忠厚的品质也影响了两个舅舅、母亲和两个姨妈，他们虽未成为大富大贵之人，但都勤勉敬业，人品持重，亲朋称赞。

姥爷一生秉持"耕读传家"的古训，辛勤劳作，任劳任怨。前段时间著名科学家袁隆平先生去世，我看到一篇采访袁老孙女的报道——袁老年幼的孙女不知道爷爷具体做什么工作，只因爷爷每天必关心天气，所以认为爷爷是看天气预报的。这条新闻不禁让我想起姥爷，那时的我也是一个喜欢和姥爷争抢遥控器的调皮小孩，姥爷每天晚上雷打不动看完央视天气预报再看山东台天气预报，两个频道在时间上恰好可以无缝衔接，这可把我急坏了，无聊的天气预报耽误了我看动画片和电视剧，这可得了？气鼓鼓的我跑去找母亲告状，结果迎来的是更严厉的斥责。长大后才知道，姥爷的水泥预制厂，新制作的楼板，凝固初期24小时以内要严防雨水淋泡，如果大雨来临，要及时用草苫子覆盖；辛苦侍弄的庄稼，天气状况关系到庄稼的长势和来年的收成，这些庄稼都是姥爷的宝贝，早年间更是家里一年的吃食，还是舅舅、母亲、姨妈他们一年的学费，一丝一毫都不能马虎啊！

姥爷人生的一大重要爱好就是读书看报，姥爷童年时期上过私塾，新中国成立初期上过"洋学堂"。我最深刻的记忆，就是姥爷半躺在床上，戴着老花镜聚精会神地看着手里的报纸和杂志。姥爷阅读比较杂，大舅、二舅给他准备什么他就看什么，不过还是以时事报纸杂志居多。小表弟是个历史迷，姥爷躺在床上看书的时候，他常跑过去粘在姥爷身上缠着他，要他讲过去年代的故事，我们其他孩子也被故事吸引住跑过去听，有的躺到姥爷脚边，有的坐在床下的小板凳上趴在床沿……姥爷给我们讲他童年记忆中日本鬼子投降的往事，姥爷讲啊讲，我们安静地听着，不知不觉就过去了一下午。如今，姥爷房间的书桌上还散落着姥爷的账本和往日常看的书籍，物是人非，叫我们这些孩子如何不睹物思人！

2021年7月14日那天，是姥爷的葬礼。下午，浩浩荡荡的亲友车队，陪伴安放着姥爷灵柩的灵车，从滕州殡葬礼仪中心回到了乡下老家。大街上，站满了戴着孝帽子的族人，还有一众乡邻，迎接姥爷回家；哀乐低回，礼炮阵阵，大锣声声，白幡飘飘……我从没想到自己会以这样的方式送姥爷回归故土。自打姥爷、姥娘进城居住后，我们便很少再回去，作为孙辈，每日为了学习和工作奔波忙碌，我们对姥爷他们也是索取多，奉献少。没想到的是，当年被嫌弃交通不方便的老家，竟成为我心底最深处永恒的眷恋和怀念。姥爷的灵柩停落在大门口，孝子贤孙在烈日下跪倒一片，哭声中，我在心里默念：姥爷啊，您朝思暮想，经常念叨着要回的老家，今天终于回来了！

村庄已经变了大模样，原来的泥泞小道已变成宽阔平坦的水泥路，公交车从家门口驶过，可我恍惚间又看到了姥爷骑着他的大金鹿牌自行车在乡间泥路上疾驰着；看到姥爷坐在老院子门口的大槐树下和三两老人一起纳凉，姥爷手边放着一杯茶，时而沉默时而谈天，静静地看着眼前那片田野；我还看见姥爷在老院子里就着一杯小酒，吃着最喜欢的猪头肉；我听到了大人们呼唤姥爷的声音，听到了姥爷的咳嗽声……

故人音容宛在，仿佛从未离开。姥爷曾经辛勤耕作的那片土地上，出现了一座新坟。姥爷并没有走，他只是永远回归到了他所挚爱的土地，此刻的他，一定是快乐欣慰的吧，甚至可能还在筹划着：今年家里是多种黄豆，还是玉米？

姥爷下葬的时候，暑天的夕阳依旧酷热难当，姥爷的新坟筑起来后，傍晚暴雨骤然而至，雨下了一夜，我心里的泪也化作天上的雨为姥爷送行。雨淋新坟是好兆头，仁慈的地母一定会善待姥爷的灵魂，而姥爷也一定会在天堂保佑他的子子孙孙平安喜乐、生生不息。

死亡不是永久的告别，只有被忘却才是。与亲人的告别让我们明白生

命的意义，体悟到亲情的弥足珍贵，而我们也会带着对姥爷的所有美好记忆和深切怀念，自强自立，更好地学习、工作和生活。

（李尚尚，现任教于江苏一所高校。本文分别登载于2021年7月《滕州日报》，2021年7月善国文化公众号，有改动）

余暇正是作文时

——《岁月如歌》后记

　　十多年前，我从工作岗位上退了下来，成为赋闲大军中的一员。貌似清闲的背后，父母已经进入老年，侍奉父母的精神压力，比起上班有过之而无不及；孩子也有了他们的孩子，照看孩子的孩子，尽享天伦之乐的同时，尤感责任重大。两项任务叠加，私人空间十分有限。我将此戏称为下岗再就业，自号"三员居士"——炊事员、采购员、保洁员，爱人比我还多了"一员"——保育员。而随着自己的年龄逐渐变老，忙家务休憩之余，除了读读书报，看看电视，怀旧的情结渐趋浓烈，过去的个人经历及所见所闻，会不由自主地浮现脑海，有时候是那么的清晰，那么的令人难以释怀，于是就有了想写点东西的冲动。但是，我这个人手笨且懒，接受新事物非常迟钝，电脑知识几乎为零，基本的打字输入法和编辑程序都学不会，就试着手写了几篇回忆小文，自费在打印社打印，然后由打印社的小姑娘通过电子邮箱发给有关报社，没想到报纸发表以后，有认识我的领导、好友，还有我的老师和学生，见面都给予了积极的评价。这些认可和勉励，给我以后的写作赋予了极大的动能。

　　2015年春，孩子们给我买了一部智能手机，我跨越时空，直接进入了微信时代。微信给我打开了一个奇妙的微观世界，这个微观世界连着外面的宏观世界，近在身边，远至天涯，无不尽收眼底。在微信里，我有了不少新老好友，包括文友。值得骄傲的是，我与全国特级教师，著名学者、诗人、散文家王牧天先生（2020年去世）；我的老师，济宁市政协原副主席、济宁学院中文系教授张九韶先生均建立了微信联系。我有幸多次从微信里直接领受两位先生对我所写东西的悉心指教与鼓励。与此同时，我慢慢掌握了智能手机里便捷快速的九宫格打字输入法。手机就像一个微型电脑，可以随时随地记录我的所忆、所见、所闻、所感，从此很少再麻烦打印社了。

王牧天先生在散文集《花径散步》自序里写道："人生是一种过程。'入世'的人生，是一种跋涉，出手的文字大抵就是论文；'出世'的人生，就是一程散步，落笔的文字应当就是散文。"我没有先生过人的才具，更无先生崇高的名望，却有着先生所概括的"入世""出世"的人生历程。诚如先生所言，当教师的时候，我面对的是学生，备课、讲课或作文批改，周而复始的教学工作，很少有个人的生活空间；在政府机关的时候，直至当了个低级别领导干部，基本从事的都是文字工作，要经常与各种专业文件、领导讲话稿和调查报告起草打交道，偶尔在报刊发个文章，也是工作性质的新闻报道。以至于不同类别的公文，在我脑海里形成了一种固化思维，有时候时间紧、任务急，懒得动笔，就凭口授，让打字员直接在电脑敲打稿件，然后自己修改充实，形成一篇正式的文字材料后交差。离开了工作岗位，不上班了，的确可以从思维的"花径"里散步，放飞自我，采撷人生阅历的"花朵"了。

我们这一代人，出生于20世纪50年代末60年代初，亲历了国家改革开放前后不平凡的发展进程，新旧对比，自然感受到昨天是多么的艰苦卓绝、值得怀念，今天又是多么的来之不易、必须珍惜。当然，似水流年的岁月里，路途并不平坦，而是充满了跌宕起伏、曲折磨难。如同一首歌，有欢快的音符，也有忧伤的节律。人生如此，社会亦是如此。当过去成为历史，沉淀下来的就是动听的旋律。因此，存留在脑海里的那些亲身经历的记忆碎片，我从未感觉有多么的痛苦，多么的不堪。

我们这一代人，从小学、中学直至大学，享受的几乎都是免费教育，国家惠予我们的太多。只是，日新月异的经济科技发展变化，使人们有些目不暇接，有些茫然；城市化的快速推进，大批农民进城，使不少的乡村变成了"空壳村"，记忆中的老家，已然改变了原来的样子。有一次，我受邀参加滕州市善国文化研究会的座谈会，有一位年轻的老师，在谈到自己的农村老家没有了小时候的印象，不知道以后的老家还能否存在时，竟然流下了眼泪，给我带来了巨大的震撼。记忆中的老家的样子，其实不就是我们常说的乡愁吗？但这不是发展的过错，而是在发展中我们每个人必然要面对、要适应的新局。我们所能做的，就是要留住乡愁，留住历史的记忆，为快速的发展查缺补遗，这不仅是一种自觉，也是一种责任。

网络时代，与报纸杂志等平面媒体并存的博客、微博、微信朋友圈和公众号等自媒体的问世，模糊了平民和作家的界限，人人好像都可当作家，有的人一不留神一炮走红，最后红得发紫。我作为一名业余作者，有幸赶上了这波潮流，只是，囿于自己的水平，我永远也成不了"网红"。近年来，借助于手机，我写了不少的散文随笔、诗词序评，先后发表在《滕州日报》《济宁日报》《济宁晚报》《枣庄日报》等报纸的副刊和《善国文化》《滕州市华夏文化促进会会刊》等刊物上，走进滕州、济宁文学、善国文化、滕州文学、遇见滕州等微信公众号平台也分别给予了刊载，《凤凰资讯》《孔孟之乡》和《薛城文史》等平台和刊物也予以了转载，还有的被外地学校校刊采用。这样林林总总，约100多篇，其中绝大部分散文随笔都是写过往的人和事。对于我的同龄人，他们会感到似曾相识，对于年轻一点的读者，可能会感到好奇和不可思议。我所写的人，有我的先祖、亲人，有我的乡邻、师长、同学、同事、朋友和学生；我所写的事，基本是我的亲身经历或亲耳听闻。我的老师张九韶先生经常鼓励我，按照自己的风格写下去，留住一些20世纪六七十年代的乡村记忆。我也是这样认为的，等我们这一代渐渐老去，或许能给后人留点值得回忆的东西。

我从来不喜欢把自己所写的东西称作是作品、文章，以为那是专业作家、学者们所享有的专有名词，我只是个半路出道的业余作者，深知难登大雅之堂，这并非谦虚，因为"盖文章，经国之大业，不朽之盛事"（曹丕《典论·论文》），本人距离这"大业"和"盛事"的要求还相去甚远。尽管如此，我却有着强烈的铅字情结。我以为，载体于网络的东西，只存在于网络，谁能预知一旦网络和电脑升级换代，你所写的东西还存在否？载体为印刷品的东西，可以收藏于书架，可以传阅于人手，如果是有心人，可以长期留存，也不负了作者的辛苦劳动，因为那是作者的心血结晶。去年，滕州市善国文化研究会的赵曰北先生和刘士伟先生，还有关心支持我的同事和好友，提醒我最好把已经发表的东西整理一下，出个集子，与大家共享。在他们的建议下，我自去年下半年开始，把跨度20多年，已经发表的习作做了一个系统的整理筛选，一共确定了49篇（包括小妹段修妍的《我家的年味》，外甥女李尚尚的《远行的姥爷》），在文学评论家、剧作家、诗人朱绪龙先生的具体指导下，经过多次修改和编辑校对，根据出版社的意见，确定书名为《岁月如歌》，付梓出版。

在《岁月如歌》写作、成书过程中，我得到了众多师友同学的支持和指导帮助。王牧天先生生前对我总是不吝赐教，并惠赠著名漫画家韩羽的《韩羽小品》集，叮嘱我学习借鉴书中的写作方法，我终身铭记。老师张九韶先生自始至终关心鼓励我坚持按照自己的语言风格写作，并把个人的散文随笔小说集《太阳味儿》《品读文化济宁》《龙吟大湖》赠送我；老师甘同庆先生高屋建瓴，对我的稿件提出独到的修改建议；朱绪龙先生不计耄耋之年，昼夜赶写序言，对我的习作给予了全面中肯的评价，并对书稿的编排顺序给予调整，提升了书稿的境界和意涵；滕州影视总台总编、地方文史学者、学生李庆先生也对书稿做了序言；滕州市二中艺体部主任，诗词作家、学生李天慧先生对书稿存在的字词句讹误和标点符号的运用做了悉心的勘误和订正；滕州的杜孝玺、董继坤、殷涛、孙井泉、司民、张玉川、马西良、段修安等先生，济南的董立新先生，济宁的申万民、徐晖、孙士全、李明艳等先生，在我多年来的写作过程中，均给予了无私的帮助、指导和鼓励，在此一并感恩、致谢！

（2022年2月22日）